Kirschbuch Verlag

Zum Buch:

Als Niels Cerny nach dreißig Jahren in sein Heimatdorf zurückkehrt, ist er nicht nur gekommen, um seinen Vater zu beerdigen. Er muss etwas klären, das ihn seit dem Sommer 1990 wie ein Schatten verfolgt. Wieder trifft er auf seine Jugendfreunde Ralf und Volker, und er ahnt, dass sie tiefer in die Geschehnisse jener Tage verstrickt sind, als ihm lieb ist … Was ist wirklich passiert an jenem Sommertag, der alles veränderte?

Ein Roman über das Erwachsenwerden, Freundschaft und Schuld und über die Hoffnung auf einen Neuanfang.

Zum Autor:

Marc Hofmann, Jahrgang 1972, ist Gymnasiallehrer, Autor, Kabarettist und Liedermacher und lebt in Freiburg.

Vor einigen Jahren sorgte der Ärger darüber, dass eine Urlaubslektüre nicht seinen Erwartungen entsprach, dafür, dass er begann, selbst einen Roman zu schreiben. Dieser Roman wurde im Januar 2016 unter dem Titel ›*Alles kann warten*‹ bei CONBOOK veröffentlicht. Dazwischen schrieb Marc Hofmann eine Satire über den Schulbetrieb, die im Sommer 2015 bei Tropen unter dem Titel ›*Der Klassenfeind*‹ veröffentlicht wurde, und in Anlehnung daran ein gleichnamiges Kabarettprogramm, das er regelmäßig live spielt. In seiner vielen Freizeit tritt er als Kabarettist, Liedermacher und Vorleser auf. Er hat keine weiteren Hobbys.

Seine Krimireihe um den ermittelnden Gymnasiallehrer Gregor Horvath erschien ab 2021 bei Knaur. ›*Alive!*‹ und ›*Der letzte Sommertag*‹ erschienen beide im Kirschbuch Verlag.

Marc Hofmann

Der letzte Sommertag

Roman

Kirschbuch Verlag

Erstauflage
veröffentlicht im Kirschbuch Verlag,
ein Imprint der QualiFiction GmbH
Neß 1, 20457 Hamburg
Mai 2023

Umschlaggestaltung: QualiFiction GmbH
Satz: QualiFiction GmbH
ISBN 9783948736262
Herstellung: Gyomai Kner, Gyomaendrőd (H)

Für Zoë, Silas & Greta

Nobody on the road, nobody on the beach,
I feel it in the air, the summer's out of reach.
Empty lake, empty streets, the sun goes down alone,
I'm drivin' by your house, though I know you're not home.

Don Henley, The Boys of Summer

There´s malice and there´s magic in every season.

Elvis Costello, The Other Side of Summer

Was ich besitze, seh' ich wie im Weiten,
Und was verschwand, wird mir zu Wirklichkeiten.

Goethe, Faust

KAPITEL

1

HEUTE

Mit sechs Jahren sagt der Sohn: »Der Papa kann alles.« Mit neun: »Der Papa kann fast alles.« Mit 15: »Mein Papa ist ein ziemlicher Trottel.« Mit 21: »Der ist und bleibt ein Volltrottel.« Mit 28: »Wenn ich so drüber nachdenke: So blöd ist der alte Herr eigentlich gar nicht.« Und mit 40: »Wenn ich nur noch mit dem Vater reden könnte.«

Diese Sätze, irgendwann einmal gehört oder gelesen, fallen ihm ein, als er in der Trauerhalle am offenen Sarg seines toten Vaters steht und auf ihn hinabblickt. Eingefallen sieht er aus, dieser übergroße Mann seiner Kindheit, und viel kleiner, als er ihn in Erinnerung hat. Sie haben sich nur noch einmal gesehen, seit er vor ziemlich genau dreißig Jahren von hier weggegangen ist. Ein grandios gescheiterter Versuch der Aussprache, eine Aneinanderreihung von Schuldzuweisungen, falsch gewählten Worten und schließlich Sprachlosigkeit, Zorn und ein Abschied ohne Verabschiedung. Danach noch ein paar Telefonate, oberflächlicher Smalltalk, und jetzt ist er tot.

Und Niels Cerny ist zum ersten Mal wieder zu Hause. Dort, wo einmal sein Zuhause gewesen ist. Vor langer Zeit.

Novalis fällt ihm ein und seine Zeilen *Wohin gehen wir? Immer nach Hause.*

Er verlässt den Friedhof, idyllisch gelegen, ein wenig oberhalb am Dorfrand, geht zu seinem Auto, einem schwarzen 240er Volvo, Baujahr 92, und fährt los. Er will nicht zu seinem jetzt leerstehenden Elternhaus, dafür ist später noch Zeit. Stattdessen fährt er am Haus seiner Großeltern vorbei, das immer noch steht und dem Verfall trotzt, und dann die Hauptstraße entlang, die sich sehr verändert hat. Das alte Rathaus mit dem Kino ist noch da. Wie viele Stunden er als Kind vor dem Schaukasten mit den Filmplakaten verbracht hat. Und später dann auch in diesem Kino selbst. Bevor er den Führerschein hatte, fast jeden Samstagabend. Es gab sonst ja nicht viel hier.

Daneben ein absurd unpassender Glasbau der Sparkasse. Er denkt an Knax-Hefte, Weltspartag und Fahndungsposter mit Schwarzweißporträts von Terroristen. Die alte Metzgerei ist jetzt ein Döner-Imbiss und der alte HL-Supermarkt – Eldorado seiner Kindheit, die erste *Bravo* mit Nena auf dem Cover, das erste Päckchen Zigaretten, *Chesterfield,* ein Riesenpack *Wrigley's Spearmint* Kaugummis mit Aufklebern aller Bundesligavereine, so viele, dass er sie verschenken musste, weil er keine Kaugummis mehr sehen konnte – ist jetzt ein kalt und anonym aussehender Pizza-Lieferservice. Der Ort wirkt wie die schlecht gealterte Kulisse eines Films, der nur in seiner Erinnerung läuft.

Einige Häuser kennt er aus seiner Kindheit, er sieht Gesichter, Kinder- und Jugendzimmer, Videoabende, Schallplattensammlungen.

Er biegt ab, um einen Blick auf den Sportplatz zu werfen, diesen so wichtigen Ort seiner Jugend, und erschrickt, als er dort ein Neubaugebiet vorfindet, aber dann fällt ihm wieder ein, dass Volker ihm das schon einmal erzählt hat.

Er fährt aus der Ortschaft hinaus zu dem großen Supermarkt an der Bundesstraße, um sich für die nächsten Tage mit dem Nötigsten einzudecken, da er nicht weiß, was er in seinem Elternhaus vorfinden wird: Kaffee, Milch, Toastbrot, Klopapier.

Vor der Kasse wirft er einen Blick auf die Zeitschriften. Er zählt neun Magazine über Traktoren und andere Landmaschinen, aber kein *11 Freunde,* kein *Cinema,* kein *Rolling Stone* oder *Musikexpress.* Willkommen zu Hause in der Provinz, denkt er.

Niels fährt zurück ins Dorf und parkt vor dem Hof von Volker und Daniela an der Straße. Er läuft durch den Torbogen, und während er das Haus, den Hof und die Scheune betrachtet, wird ihm beinahe schwindlig davon, wie Vergangenheit und Gegenwart sich vermischen, wie Jahre zusammenschrumpfen, sich überlagern und miteinander ringen, worum auch immer.

Bis auf das Fachwerkhaus, das sichtbar renoviert wurde, sieht alles genauso aus wie vor fast auf die Woche genau dreißig Jahren, als in jener unglückseligen Juli-Nacht nicht nur der ereignisreiche Sommer 1990 endete, sondern von einem Tag auf den anderen auch seine Jugend.

KAPITEL

2

FRÜHJAHR 1990

Sie saßen am See im Schatten der großen Weide und ließen den Samstagnachmittag an sich vorbeiziehen. Volker, Ralf und Niels waren Freunde seit dem Kindergarten.

Das Tau, von dem sie sich, seit sie Kinder waren, jeden Sommer unzählige Male ins Wasser geschleudert hatten, hing reglos hinab. Der Sommer kündigte sich langsam an, in der Sonne war es fast schon zu warm, auch wenn das Wasser im See noch zu frisch war, um darin zu baden. Sie lungerten träge und ziellos herum, selbst Volker hatte an diesem Nachmittag nichts zu arbeiten, sein Vater hatte ihm freigegeben. Ralf hing in dem alten Reifen, den sie im Wasser gern als Badeinsel benutzten, Volker lag auf der Holzbank, den Kopf auf der Armlehne, die er mit einem Kapuzenpullover gepolstert hatte, und Niels saß gegen einen Baumstumpf gelehnt auf dem Boden. Aus einem Kassettenrekorder lief Popmusik, ein

Tape mit Künstlern, auf die sie sich einigen konnten, obwohl sie eigentlich unterschiedliche Sachen gut fanden: Bowie, Kate Bush, Prince und der alles überstrahlende Soundtrack dieses Jahres: *The Boys of Summer,* ein Lied, das zwar schon ein paar Jahre alt war, das Ralf aber unlängst wiederentdeckt und auf Autofahrten in die Schule oder nach Hause so lange hatte laufen lassen, bis auch die anderen beiden in seine Begeisterung eingestimmt hatten.

»Ich bleib jetzt erst mal Single, mir reicht's«, verkündete Ralf unvermittelt, und Volker und Niels jaulten auf, so oft hatten sie diesen Spruch schon gehört, und dann dauerte es höchstens bis zum Wochenende, und Ralf traf ein Mädchen auf einer Party, und vielleicht wurde geknutscht, und er schrie wieder herum, wie verliebt er war und dass es diesmal richtig geknallt habe und diese die Richtige sei, und dann dauerte es noch eine Woche, bis sie ihn abservierte, nervlich zerrüttet von Ralfs erratischem Verhalten, oder ihm kamen die ersten Zweifel, was bei ihm immer ganz schnell gehen konnte, und er sagte etwas wie »Ach, ich weiß nicht so recht, vielleicht klappt das doch nicht mit der, außerdem möchte ich mich jetzt noch nicht so richtig festlegen, wer weiß, vielleicht kommt ja noch etwas Besseres, denn so eine Entscheidung *für* etwas ist ja auch immer eine Entscheidung *gegen* alles andere.«

Und damit war eigentlich schon das Wichtigste über Ralf gesagt. Sprunghaft, rastlos, immer auf der Suche oder auf der Flucht, je nachdem. Später hätte man bei ihm wohl ADHS diagnostiziert, in den Achtzigerjahren war er einfach für viele eine Riesennervensäge, die sich auf nichts konzentrieren konnte. Jedes Jahr hing seine Versetzung an einem seidenen Faden, und immer gelang es ihm, entgegen aller Prognosen zum Halbjahr, das Ruder noch einmal herumzureißen. Meist rettete er sich durch mehrere Kraftakte in den letzten Klassenarbeiten, denn wenn er sich einmal hinsetzte, war es eigentlich alles gar kein Problem für ihn, außerdem bestach er durch mündliche Emsigkeit, denn reden konnte er, auch wenn der Inhalt mitunter fragwürdiger Natur war. Dumm war er nicht, wie ein Lehrer einmal bemerkte.

»Wieso, was ist mit Maren?«, fragte Niels.

»Ach, ich weiß auch nicht, irgendwie ist das nichts«, antwortete Ralf, und das konnte jetzt alles Mögliche heißen, auch, dass sie mit ihm Schluss gemacht hatte.

»Vielleicht solltest du dich mal damit abfinden, dass das mit Susanna Hoffs nichts mehr wird«, meinte Volker und gluckste belustigt ob Ralfs Obsession mit der schönen Sängerin der Bangles. Eine einseitige Angelegenheit, man konnte es nicht leugnen.

»Pah«, machte Ralf. »Das ist noch lange nicht gesagt. Vielleicht schreib ich ihr ja mal. Ihr werdet euch noch wundern.«

»Vielleicht bist du ja doch schwul«, rief Niels und nahm einen Schluck Bier.

Ralf schmiss ihm einen kleinen Kieselstein ans Bein.

»Dadurch, dass man einen Witz unablässig wiederholt, wird er nicht automatisch besser, Niels Cerny.«

»Das mag sein, aber es war auch gar nicht als Witz gedacht. Ich finde, du solltest noch mal in dich gehen und da wirklich drüber nachdenken, warum das mit den Frauen nicht klappt.«

»Ja und mit wem soll ich dann schwul sein? Mit dir am

Ende noch? Wenn ich mir dieses Trauerspiel mit dir und den Frauen so anschaue, bist eher du hier der Schwuli.«

Da hatte er teilweise recht. Schwul war er nicht, dessen war Niels sich ziemlich sicher. Aber Niels und die Frauen, das war ein überschaubares Kapitel. Außer ein paar Partyknutschereien hatte er erst eine richtige Freundin gehabt, Steffi, sie waren ein halbes Jahr zusammen gewesen. Vor drei Monaten hatte sie Schluss gemacht. Es hatte erst kurz geschmerzt, er vermisste sie aber nicht sonderlich. Eher das Gefühl, eine Freundin zu haben, das hatte ihm gefallen.

Seit einiger Zeit war er in ein Mädchen verliebt, das davon nichts ahnte. Sibel, die schöne Schwester seines Fußballkollegen Metin, spielte optisch, wie er fand, mindestens eine Liga über ihm, in der sozialen Hierarchie der Gegend als Türkin allerdings eher darunter. Letzteres entsprach nicht seiner eigenen Sicht, es war eher allgemeiner Konsens. Es waren die Kinder der ersten türkischen Gastarbeitergeneration, in Deutschland geboren, die hier zwar wohnten und Klassenkameraden und Fußballkollegen waren, aber doch nie ganz Teil der Dorfgemeinschaft. Sie wurden zwar eher selten diskriminiert, aber auch nie richtig integriert.

Das Problem mit Sibel, die ein Jahr unter ihnen in die 12. Klasse des Kreisgymnasiums ging, war momentan, dass sie nichts von Niels' Liebe zu ihr ahnte. Er hatte es noch nicht einmal über sich gebracht, seinen beiden besten Kumpels davon zu erzählen. Er sah auch nicht, wie er Sibel jemals ansprechen sollte. Ihre schiere Schönheit schüchterte ihn zu sehr ein.

»Es tut mir leid, euch das so direkt sagen zu müssen«,

sagte Volker, »aber es gibt aktuell Wichtigeres als Ralfs und Niels' sexuelle Orientierung.«

»Ja, verdammt, da hat er recht, der Herr Mayer«, rief Ralf und sprang auf.

Niels grinste nur.

Am nächsten Tag stand das Derby an. Feldhausen gegen Rossbach. A-Jugend.

Die beiden Nachbarorte zeichnete eine Rivalität aus, deren Ursprünge weit vor der Geburt der drei Freunde lagen. Sie wurde seit Generationen von Eltern an Kinder weitergegeben. Vor allem Niels' Vater, der außerdem ihr Trainer war, lebte sie sehr ausgeprägt.

Feldhausen, ihr Heimatort, hatte etwa dreitausend Einwohner und ging fast nahtlos in einen kleineren Ortsteil namens Rossbach über, der aber aus irgendeinem Grund eine andere Vorwahl hatte und einer anderen Kreisstadt zugeordnet war.

Daher gingen Kinder und Jugendliche in aller Regel auf unterschiedliche weiterführende Schulen. Doch auch neben dieser erzwungenen Trennung herrschte in allen Belangen des Alltags eine seltsame und für die meisten unergründliche Abneigung gegen den jeweils anderen Ortsteil. Geschichtlich ließ sich das daher erklären, dass Feldhausen bis in die Neunzehnhundertfünfzigerjahre ein überregional wichtiges Salzbergwerk und daher auch einen großen Güterbahnhof hatte, was bedeutete, dass die Einwohner größtenteils Bergleute, Fahrer, Bahnhofsbedienstete, also Arbeiter und kaufmännische Angestellte sowie deren Vorgesetzte, waren, während in Rossbach eher Landwirtschaft vorherrschte. Dies konnte man immer noch spüren, auch wenn es längst kein Bergwerk mehr gab. Der Anteil von Kindern aus Feldhausen, die aufs Gymnasium gingen, war ungleich höher als im Nachbarort, woraus die jeweils vorherrschenden Stereotypen entstanden, dass die Rossbacher alles *Bauern*, die Feldhausener alles eingebildete *Lackaffen* seien.

Am deutlichsten wurde die Rivalität zwischen den beiden Ortsteilen beim Fußball. Niels' Vater war ein Füllhorn an Anekdoten über diesen Zwist und erzählte gern Geschichten aus seiner Jugend, wie die, in der er und seine Kumpels in der Nacht vor einem Spiel eine Kuhherde auf den Rossbacher Sportplatz gelockt hatten, die nicht nur den Platz verwüstete, sondern auch bis zum Anpfiff am nächsten Tag nicht mehr von dort wegzubewegen war, worauf die Feldhausener dann wochenlang den eigenen Platz bewachten, um die Vergeltung zu verhindern. Oder wie sie auf einer Party zwei betrunkene Rossbach-Spieler in einen Gartenschuppen sperrten, wo sie erst am nächsten Abend gefunden wurden und so das Derby am Nachmittag verpassten.

So groß die gegenseitige Abneigung zwischen den Einwohnern auch war, es hatte zumeist auch immer etwas Spielerisches, es war eine Art Volkssport. Wenn es darum ging, das Fastnachtsfeuer der anderen in der Nacht vor der eigentlichen Veranstaltung anzuzünden, dann war das immer auch eine Art Wettbewerb, bei dem es selten zu Handgreiflichkeiten kam.

Dass die Herrenmannschaften beider Vereine in der zweituntersten Kreisklasse spielten, machte in dem Fall überhaupt nichts aus. Während in Rossbach die Fußballbegeisterung der Bewohner insgesamt etwas größer war und man als Junge eigentlich im Fußballverein sein *muss-*

te, verirrten sich in Feldhausen an manchen Sonntagen gerade mal zwanzig Zuschauer auf den Sportplatz, um sich die Erste Mannschaft anzuschauen. Außer, wenn es gegen Rossbach ging. Dann waren bereits zwei Stunden vor Spielbeginn sämtliche Parkplätze voll, und bis Spielbeginn wurden alle Straßen und sogar Hofeinfahrten der Umgebung zugeparkt, was nicht selten zu wildem Geschrei und Fäusteschütteln mit Anwohnern, die sich nicht für Fußball interessierten, führte.

Bei diesen Spielen lag jedes Mal von Anfang an eine Spannung in der Luft. Menschen, die sich jeden Tag im Laden oder bei der Arbeit begegneten, im Kino, im Schwimmbad, am See oder bei Jugendfreizeiten, die vielleicht sogar miteinander verwandt waren, beschimpften einander aufs Übelste. Es waren diese Momente, in denen aus dem Spiel der gegenseitigen Abneigung für einen Moment unbändiger Hass werden konnte.

Vor zwei Jahren musste ein Spiel zwischen den beiden Mannschaften abgebrochen werden, es hatte vier rote Karten gegeben, Zuschauer waren auf Spieler losgegangen, und am Ende musste der Schiedsrichter sich noch in seiner Kabine verschanzen, bis die Polizei ihn hinauseskortierte.

Das alles konnte man, wenngleich meist in abgemilderter Form, auch bei den Jugendspielen beobachten.

Und am nächsten Tag stand ein solches von besonderer Brisanz an. Beide Mannschaften spielten noch um die Meisterschaft. Das Hinspiel hatten die Rossbacher knapp gewonnen. Es war eine hart geführte Begegnung gewesen, die ein paar Mal kurz vor dem Abbruch gestanden hatte, so sehr hatten sich Spieler und Zuschauer bekriegt. Ein Rossbacher Zuschauer war Ralf sogar über den Platz gefolgt und hatte versucht, ihn mit seinem Regenschirm zu malträtieren.

Aber es gab eine Sache, auf die man sich bisher immer hatte verlassen können. Egal, wie es ausartete, wenn alles vorbei war, gab man sich die Hand und trank ein Bier zusammen.

Auf der anderen Seeseite fuhr ein Auto mit hoher Geschwindigkeit über den Feldweg. Außer den drei Freunden war niemand am See, das Wasser war noch zu kalt. Das Auto war ein aufgemotzter weißer Golf GTI. Die drei sahen sich an. Sie wussten, wer da auf sie zukam.

Der Golf näherte sich der Stelle, an der sie saßen.

Der Fahrer bremste so stark, dass es staubte, das Auto rutschte noch ein paar Meter über den Feldweg und kam kurz vor Niels' mintgrünem Kadett zum Stehen, den ihm sein Opa vermacht hatte, der ihn nicht mehr brauchte. »Ich fahr sowieso nirgends mehr hin«, hatte er verkündet und war eine Woche später friedlich in seinem Bett eingeschlafen, ein Verlust, der Niels auch nach einem Jahr noch immer unendlich schmerzte. Es hatte ein besonderes Band bestanden zwischen ihm und seinem Opa.

»Fuck«, sagte Ralf.

»Na, ihr kleinen Wichser!« Der Fahrer sprang aus dem Auto und strahlte die drei an. Wie er wirklich hieß, war ihnen gar nicht bekannt, alle nannten ihn Chuck. Vermutlich, so glaubte Niels, hatte es etwas mit Chuck Norris zu tun, wie sonst kam man auf so einen beknackten Namen? Außerdem passte er zu ihm. Jemand, der hieß, wie er aussah. Ein untersetzter Typ mit kurzgeschorenen

Haaren, dessen Augen bösartig funkelten, auch wenn er grinste. Er trug immer Armeehosen mit schweren Stiefeln, heute ein weißes Unterhemd dazu. Aus den anderen Türen schälten sich drei weitere Rossbacher, alles Fußballer. Beifahrer war der irre Diego mit seinem Pferdeschwanz, heute hatte er ein Bandana mit Totenkopf-Muster über seine schwarzen Haare gezogen. Es ging das Gerücht, dass er kokste und eine Pistole mit sich trug. Keiner der drei hatte sie je gesehen, aber es wurde immer wieder davon berichtet. Diego provozierte gern Schlägereien auf Partys und Festen und flog bei Spielen regelmäßig vom Platz.

Ralf und er waren vor einigen Monaten auf einer Party aneinandergeraten, weil Ralf mit einem Mädchen gekommen war, in das sich offenbar auch Diego verguckt hatte. Der Abend endete damit, dass Diego dem Mädchen ein Bier ins Gesicht schüttete, Ralf auf ihn losging, Diego ihn lautstark nach draußen zum Kampf beorderte und schließlich Volker dem Ganzen in seiner unmissverständlichen Art ein Ende bereitete. Wenn Volker der Kragen platzte, was nach außen kaum erkennbar war und sich ganz tief in seinem Inneren abspielte, dann strahlte er eine kompromisslose Gefährlichkeit aus, die selbst Diego an diesem Abend instinktiv wahrnahm, weshalb er wutschnaubend die Party verlassen hatte.

Hinter Diego stieg Erik aus dem Golf, ein rothaariger, sommersprossiger, drahtiger Mitläufer. Neben ihm kam Klotz, ein Bulle von Typ, dessen Kopf immer zu klein im Vergleich zum Rest seines Körpers wirkte. Klotz hieß tatsächlich so mit Nachnamen, Ironie des Schicksals.

»Macht ihr wieder mal das, was ihr am besten könnt?«,

fragte Chuck mit schmierigem Grinsen. »Bescheuert aussehen und vor euch hin gammeln?«

»Das waren aber viele Wörter auf einmal«, konterte Ralf, »hast du das auf dem Weg hierher auswendig gelernt, oder was?«

»Morgen könnt ihr was erleben, da verhauen wir euch die Ärsche«, wechselte Klotz das Thema, es brannte ihm wohl zu sehr unter den Nägeln.

Erik hatte ein blaues Auge, wie Niels in dem Moment auffiel.

»Nettes Auge«, sagte Ralf auch prompt, »hat dich dein Vater mit deiner Mutter erwischt?«

In Eriks Augen loderte etwas auf, aber Volker, der alte Mediator, deeskalierte, indem er fragte: »Wollt ihr ein Bier oder was?«

So war Volker. Er konnte übel austeilen, wenn ihm was gegen den Strich ging, Ungerechtigkeit machte ihn rasend, und man wollte nicht in sein Visier geraten, wenn er richtig wütend wurde, aber sonst war er ein Mann des Ausgleichs.

Und tatsächlich löste seine Frage die Spannung auf.

»Da sagen wir nicht Nein«, erwiderte Chuck, der Wortführer.

Ralf stand langsam auf, ging zum Wasser, holte das Netz mit den Flaschen heraus, nahm eine und hielt sie den Rossbachern hin.

»Teilt sie euch.«

Chuck und Diego blickten ihn finster an. Ralf blieb seelenruhig stehen. Zu lange, wie Niels schien, der etwas unruhig wurde. Gerade mit Diego machte man solche Späße eigentlich nicht. Man konnte sehen, wie sich etwas in ihm aufstaute, und es würde nicht mehr lange dauern, bis es herausbrach.

Ralf zögerte bis zum letzten Moment, dann sagte er: »Witz! Nehmt euch, was ihr braucht.«

Niels atmete erleichtert aus und sah zu Volker, der die Augenbrauen hochzog und von Ralf zu Diego sah und dann zu Niels.

Die Rossbacher murrten, holten sich ihre Biere und öffneten sie mit Feuerzeugen und Taschenmessern, die sie aus ihren Hosentaschen holten. Wenn man auf dem Land eines wusste, dann, wie man ohne Öffner eine Bierflasche aufbekam. Diego nahm seine Flasche in den Mund und knackte den Kronkorken mit den Zähnen. Alle vier holten Zigaretten hervor und zündeten sie an. Volker bot ihnen Plätze auf dem Boden im Schatten an, aber die vier blieben stehen.

»Also, wie sieht's aus, ihr Penner, habt ihr schön trainiert?«, meinte Ralf. »Wir wollen morgen Gegner, keine Opfer so wie sonst.«

»Ihr habt keine Chance«, knurrte Diego mit leichtem spanischen Akzent. Er war als Kind mit seinen Eltern hierhergezogen, und Niels vermutete, der Akzent sei eher eine Masche, als dass er wirklich so sprach.

»Nee, wirklich, das müsst ihr einfach einsehen. Ihr könnt nicht gegen uns gewinnen«, sagte Chuck grinsend.

Im Gegensatz zu dem unberechenbaren Diego konnte man Chuck einordnen: Hauptschule mit Ach und Krach, Automechaniker, hörte Böhse Onkelz und fiel immer mal durch rechte Sprüche auf. Hatte auch schon einige Begegnungen mit Polizei und Jugendrichter gehabt und einen Hang zu körperlichen Auseinandersetzungen bei zu viel

Alkohol. Aber man wusste, wie er tickte. Er war in seiner kleinkriminellen Arschigkeit einigermaßen auszurechnen. Dazu hatte er eine natürliche Ausstrahlung, die ihn zum Alpharüden der Rossbacher machte, und an der Art, wie er redete, verriet er mitunter, dass er intelligenter war, als seine Biografie glauben machte.

»Abwarten«, sagte Volker.

»Nein, du verstehst mich nicht«, sagte Diego leise und trat ganz nah an Volker heran. »Ihr werdet leiden.«

Chuck grinste breit und hob seine Bierflasche. »Ihr habt es gehört. Dann schlaft mal gut, die Damen.«

Er schmiss die Flasche auf den Boden, wo sie im Dreck liegen blieb, die Kippe warf er hinterher, die anderen taten es ihm gleich, und sie liefen zurück zum Golf an Niels' Kadett vorbei.

»Dieses Auto ist eine Beleidigung für jeden Fachmann«, sagte Chuck kopfschüttelnd. »Von dieser Farbe bekommt man Augenkrebs. Aber es passt zu euch.«

»Ich nehm das als Kompliment«, rief Niels.

Die vier lachten gehässig, stiegen in ihr Auto, Chuck ließ den Motor heulen und die Reifen durchdrehen, und dann fuhren die Rossbacher in einer großen Staubwolke davon.

KAPITEL

3

HEUTE

Auf einmal steht Volker in der Tür, in jeder Hand eine Bierflasche, und er sieht genauso aus wie damals, als wäre bei ihm die Zeit stillgestanden.

Zumindest auf den ersten Blick ist es sein alter Kumpel, dann, als Volker die Stufen hinabsteigt, altert er im Zeitraffer, fast bis zur Unkenntlichkeit, das Haar schütterer, Falten, wo früher keine waren, die Gesichtszüge irgendwie kantiger, ausgeprägter, aber als Volker den Mund aufmacht, ist er mit einem Mal wieder jung.

»Der Künstler«, sagt Volker, und Niels sucht nach Anzeichen von Ironie, denn in der süddeutschen Provinz gelten nichthandwerkliche Berufe, zumindest war das früher so gewesen, als nicht ganz ernst zu nehmen, aber so wie Volker das sagt, klingt es wie eine wertfreie Feststellung. *Der Künstler.* Das ist er. Niels Cerny, Schriftsteller und Musiker. Nach seinem Weggang von hier nach Berlin schrieb er ein Jahr lang an seinem ersten Roman, gleichzeitig gründete er seine Band. Der Roman *Der Mitternachtsmann* verkaufte sich gut, die Band ergatterte einen Plattenvertrag. Die ersten beiden Platten in den Neunzigern charteten ordentlich, ein kleiner Indiehit mit dem Titel *Milena* – beim Schreiben hatte er an Sibel gedacht – war dabei, dann ein Auftritt bei Rock am Ring 1993, nachmittags zwar, aber immerhin. Er hatte weitere Romane veröffentlicht, die Verkaufszahlen seines Debüts aber nie mehr erreicht. Die Band löste sich 1997 auf, seither veröffentlichte er ein paar Soloalben und tourte solo, die Verkäufe wurden über die Jahre immer weniger, die Clubs kleiner, aber bisher reichte es zum Überleben. Ralf und Volker waren einige Male zu Lesungen oder Konzerten nach Freiburg und Basel gekommen, zweimal hatten sie ihn in Berlin besucht.

Er ist zum ersten Mal seit dreißig Jahren in Feldhausen. Und er plant nicht, lange zu bleiben.

»Der Bio-Bauer«, sagt Niels.

»Ja«, sagt Volker und atmet vielsagend ein und wieder aus. »Das bin ich wohl.«

Kurz zögern beide, ob sie sich umarmen sollen, seit Corona überdenkt man diese Art von Berührung, aber dann winken beide ab, nehmen sich in die Arme und klopfen einander auf Männerart auf Schultern und Rücken.

»Ralf schon da?«, fragt Niels.

Volker schnaubt. »War der schon jemals pünktlich?«

Niels zuckt mit den Schultern und schaut sich um. Neben dem Wohnhaus sieht er die Scheune und darin einen roten McCormick-Traktor, den schon Volkers Vater hatte.

»Ist das derselbe?«, fragt Niels.

Volker nickt.

»Sind unverwüstlich, die Dinger.«

»Bier?«, fragt Volker.

»Unbedingt.«

Während Volker die Flaschen öffnet und ihm eine reicht, muss Niels an einen Tag denken, den er als perfekt abgespeichert hat. Sie waren vielleicht zehn gewesen. Weinlese oder *Herbsten,* wie man es hier nannte, in den Reben von Volkers Familie.

Niels' Opa war dabei gewesen, der ein alter Freund von Volkers Opa war, außerdem Volkers ganze Familie und noch ein paar Bekannte. Sie hatten den ganzen Tag geschnitten und geschleppt, irgendwann sind ein paar Frauen zurück ins Dorf gefahren und kurze Zeit später mit Essen zurückgekommen. Vesper, Bauernbrot, Käse, Wurst, Gurken, Senf, Trauben. Dazu Wasser, Süßer Sprudel, den gab es bei Niels zu Hause nie, und neuen süßen Wein, von dem die Kinder sogar jeder ein Glas trinken durften. Dann zog der Himmel über Frankreich zu, die Sonne fand noch ein paar Stellen, um das ganze Rheintal lila-orange zu färben, Wetterleuchten überm AKW Fessenheim. Alle sahen gespannt zu den Alten, ob das ein Gewitter würde, ob man das Essen abbrechen müsste. Niels' und Volkers Opas sahen sich an, schüttelten die Köpfe. »Zieht weiter«, stellten sie fest, und so war es.

Volkers Frau Dani erscheint im Türrahmen. Sie ist, soweit Niels weiß, die einzige Frau, die Volker je hatte. In der zwöften Klasse waren sie ein Paar geworden und bis heute geblieben. Am Anfang waren Niels und Ralf überrascht gewesen, Volker, der ruhige, ausgeglichene, vielleicht etwas langweilige Bauernsohn, und die temperamentvolle Daniela, von der man nie gedacht hätte, dass sie hier im Ort hängen bleiben würde; die immer große Pläne hatte, reisen, studieren, im Ausland leben, von Australien hatte sie gern gesprochen, wie Niels sich erinnerte.

Offenbar war der Biobauernhof mit Hofladen der Kompromiss, den sie gefunden hatten. Volker blieb seinen Wurzeln treu, und Daniela konnte sich zumindest ein wenig verwirklichen, indem sie plante, organisierte, das Geschäftliche, den Einkauf, die Buchhaltung regelte.

»Sie hat die Visionen, ich bin der Knecht«, so beschrieb Volker das einmal, und es war, wie immer bei Volker, unklar, wie er das wertete. Niels glaubte, diese Aufteilung war seinem alten Kumpel nicht unrecht.

»Niels.« Daniela kommt die Treppe hinunter und umarmt ihn, ohne zu zögern. »Mein Beileid.«

Niels nickt und sieht zu Volker, der sich verlegen am Kopf kratzt und dann auch etwas von Beileid murmelt. Volker ist, wie viele Männer im süddeutschen Raum, kein Freund von allzu expliziten Gefühlsäußerungen.

»Danke«, sagt Niels. »Ihr wisst ja, war schwierig mit ihm.«

Dani nickt.

»Und danke, dass ihr euch um ihn gekümmert habt.«

»Müssen wir noch etwas regeln wegen der Beerdigung morgen?«, fragt Dani.

Niels spürt mit einem Mal einen heftigen, stechenden Kopfschmerz, der ihn zusammenzucken lässt. Er reibt sich die Schläfe.

»Nein, hab mit dem Bestatter alles geklärt«, presst Niels hervor.

»Alles in Ordnung?«, fragt Dani, und Niels nickt.

»Ich hab noch jemanden gefunden von der *Spielgemein-*

schaft Feldhausen-Rossbach«, Letzteres spricht Volker seltsam gespreizt aus, »der ein paar Worte sagt.«

»Danke«, sagt Niels, »denn ich werde das sicher nicht tun.«

KAPITEL

4

FRÜHER

Als Niels nach Hause kam, mähte sein Vater mit Badehose und nacktem Oberkörper den Rasen. Eines musste man ihm lassen: Es war ihm wirklich völlig egal, was irgendjemand über ihn dachte. Leider sagte diese Eigenschaft auch viel über seine Sozialkompetenz und seine Sturheit aus.

Er sah Niels an, als er ihn kommen sah, und stellte den Mäher ab.

»Wo kommst du jetzt her?«

»Vom See.«

»So bereitet ihr euch auf das Spiel morgen vor? Bier trinken, rauchen und am Ende noch kiffen.«

Niels sah seinen Vater an, der auch gleichzeitig sein Trainer war.

»Wir haben nicht geraucht und nicht gekifft, und es waren zwei Bier jeder, und jetzt ist es sieben Uhr abends, ich weiß nicht, was das Scheißproblem ist.«

»Mach, wie du meinst«, murmelte sein Vater, »du spielst sowieso nicht.«

Obwohl sein Vater ihm seine Entscheidung schon am Donnerstag nach dem Training mitgeteilt hatte, durchfuhr Niels ein Schmerz. Genau genommen hatte er sie ihm auch gar nicht mitgeteilt, er hatte einfach in der Besprechung die Aufstellung durchgegeben, und da war Niels' Name nicht dabei gewesen. Trotzdem tat es weh. Er hätte gern gespielt, auch wenn er selten in der Startelf war. Aber gegen Rossbach, das war einfach etwas Besonderes.

Niels' Vater war ein guter Fußballer gewesen, er hätte sehr hochklassig spielen können, wurde immer erzählt, aber ein Kreuzbandriss verhinderte seine Karriere, und so blieb ihm nichts weiter, als die Feldhausener Jugend zu trainieren, ein Kompromiss, denn ganz ohne Fußball leben konnte er nicht. Er galt als guter Trainer, war geschätzt für sein Fachwissen und beliebt für seine raue, aber herzliche Art, aber Niels erlebte ihn auch anders, vor allem ihm gegenüber. Verbittert bis zur Bösartigkeit. Immer öfter, wie ihm in diesem Moment wieder bewusst wurde.

Und in letzter Zeit glaubte Niels den Grund oder die Gründe dafür zu verstehen.

Niels war acht gewesen, als seine Mutter verschwunden war.

Es hatte lange gedauert, bis er zumindest im Ansatz verstanden hatte, was passiert war, weil sein Vater nicht darüber sprach.

Sie war im Grunde nicht verschwunden, sie war gegangen. Hatte ihren Mann und ihre Kinder verlassen. Keine Nachricht, kein Brief.

Sein Vater war ein Arbeiter, handwerklich geschickt,

körperlich aktiv, bodenständig, pragmatisch. Alles, was er wusste, wusste er seit Langem, er hatte sich eingerichtet in seiner Weltsicht, wusste, was gut war, was schlecht, was funktionierte und was nicht. Wenn er sich mit anderen Männern unterhielt über Fußball oder Politik, dann sagte er Dinge wie *›Komm erzähl mir nichts, ich weiß Bescheid‹* und machte dazu eine passende abwinkende Handbewegung. Er redete von *denen da oben*, die keine Ahnung hätten vom wirklichen Leben.

Was ihm missfiel, war *Scheißdreck*, Lob, wenn überhaupt, wurde eher nonverbal geäußert, nach dem süddeutschen Motto: *Nicht geschimpft ist genug gelobt.*

Seine Frau war völlig anders gewesen, und Niels hatte den Verdacht, dass die beiden so grundverschieden gewesen waren, dass es einfach nicht funktionieren konnte.

Seine Mutter war eine Künstlerin, das wurde ihm immer klarer; nicht als Beruf, aber als Lebenskonzept. Sie hatte zwar auch gemalt, wie er sich erinnerte, aber es war ihre Sicht auf die Dinge, ihre Liebe zu Formen und Farben, die Bücher, die sie las. Sie hatte Niels Gedichte vorgelesen, und in letzter Zeit, wo er selbst immer tiefer eintauchte in die Welt von Baudelaire, Blake, Dylan und Morrison, hatte er immer öfter das Gefühl, dass ihm manches davon bekannt vorkam. Hatte sie ihm solche Gedichte vorgelesen, als er klein war? Wie gern hätte er sich ihre Bücher und Schallplatten angesehen, er meinte, sich an ihr Zimmer mit dem Plattenspieler zu erinnern, denn er war sich sicher, dass ihn mittlerweile dieselben Dinge interessierten, aber es war alles verschwunden. Vielleicht war einiges an ihr auch etwas versponnen, ihr Hang zu Esoterik, Niels erinnerte sich, dass sie immer bestimmte Steine an sich getragen und überall im Haus verteilt hatte, die für oder gegen dies und jenes gut waren, und dass sie bei bestimmten Gartenarbeiten den Mond berücksichtigte.

Niels glaubte, dass sein Vater konkret zwei Probleme mit ihm hatte: Zum einen war er enttäuscht, dass Niels kein besserer Fußballer war. Niels war eigentlich nicht schlecht, aber er dachte zu viel nach. Ihm fehlte der Instinkt, versuchte immer ein wenig zu umständlich die bestmögliche Lösung zu finden, und dadurch war er zu langsam. Zum anderen erinnerte ihn sein Sohn immer mehr an dessen Mutter, die Frau, die ihn verlassen hatte.

Aber nur weil man verstand, warum sich jemand auf eine bestimmte Art verhielt, dachte Niels, machte es das nicht besser oder einfacher, wenn das Verhalten ungerecht war.

»Und sieh zu, dass Heike etwas isst«, rief sein Vater Niels noch hinterher, als dieser ins Haus ging.

KAPITEL

5

HEUTE

Jaaaaa, Heimat!«, ruft Ralf, als er aus seinem absurd orangefarbenen Range Rover springt und dabei die Arme in die Luft reißt.

»*I never will forget those nights, I wonder if it was a dream. Remember how you made me crazy, remember how I made you scream*«, singt er in voller Lautstärke.

Volker und Niels grinsen sich an.

Niels denkt an den Film *Stand by me,* in dem der Erzähler sagt, dass man später nie mehr bessere Freunde habe als mit zwölf.

Die Beifahrertür öffnet sich, und eine Frau steigt aus dem Auto. Sie hat einen pechschwarzen Pagenschnitt mit Pony, der ihr bis fast über die Augen reicht. Sie bläst ihre Haare zur Seite und sieht sich um.

»Freunde, das ist Natascha.«

Dani, Volker und Niels sehen sich an. Offenbar wusste niemand etwas davon, dass Ralf jemanden mitbringen würde. Niels wusste bis eben nicht einmal, dass es eine Natascha in Ralfs Leben gibt, auch wenn es nicht leicht war, den Überblick über Ralfs Frauen zu behalten.

»Hallo, Natascha, willkommen«, sagt Dani und versucht, sich ihre Überraschung nicht anmerken zu lassen.

»Fuck A5, wollten eigentlich schon vor einer Stunde hier sein«, sagt Ralf.

»Bier?«, fragt Volker.

»Aber hallo!«

»Du auch, Natascha?«

»Gibt's auch etwas Stärkeres?«, fragt sie mit osteuropäischem Akzent.

Dani grinst etwas überrascht, geht ins Haus und kommt mit einer Flasche Schnaps und einem Tablett Gläser zurück.

»Birne. Machen wir selbst«, sagt sie.

»Da nehm ich auch einen«, sagt Volker.

»Kommt, wir trinken alle zur Feier des Tages«, sagt Dani. »Wir alle wieder hier, vor allem du, Niels.«

»Wie lange ist das jetzt her?«, fragt Ralf.

Niels weiß die Antwort, er denkt schon den ganzen Tag darüber nach.

»Genau dreißig verdammte Jahre.«

»Dreißig Jahre«, sagt Ralf. »O Mann.«

»Das heißt, wir sind alt«, sagt Niels. »Wir sind älter als unsere Eltern 1990 waren.«

Alle lassen diesen Gedanken kurz schweigend auf sich wirken.

»Fuck«, sagt Ralf.

»Prost«, sagt Volker.

»Nastrovje«, sagt Natascha. Sie trinken und stellen die Gläser ab.

»Ah, herrlich«, sagt Ralf. »Da nehm ich gleich noch einen. Noch jemand?«

Niemand außer Natascha meldet sich.

Dann sieht er zu Niels. »Tut mir leid mit deinem Vater.«

Niels nickt.

Natascha und Ralf trinken.

»Es erinnert mich hier an zu Hause«, sagt sie.

»Wo ist das?«, fragt Volker.

»Russland. Ural. Bin froh, dass ich da weg bin.«

Für einen Moment sagt niemand etwas.

»Natascha schreibt auch«, unterbricht Ralf die Stille. »Hat gerade ihren ersten Roman verkauft.«

»Glückwunsch«, sagt Niels und spürt einen leichten Stich in der Magengrube.

Er erinnert sich genau an das Gefühl, als zum ersten Mal ein Verlag zugesagt hatte, ein Manuskript von ihm als Roman herauszubringen. Vor Kurzem hat er sich den Film *Little Women* angesehen. Wie schön das gezeigt wurde, als die Hauptfigur ihren gedruckten Roman in den Händen hielt.

Natascha zuckt mit den Schultern und zieht an ihrer Zigarette.

»War Auktion. Drei Verlage wollten unbedingt«, sagt sie.

Der Stich in Niels' Magengrube wird stärker. Neid ist es, was er spürt. Eine Auktion heißt, das Manuskript ist so gut und erfolgversprechend, dass die Agentur ein Wettbieten der Verlage lanciert. Wer am meisten Vorschuss zahlt, bekommt den Zuschlag. Er vermutet, dass Nataschas Buch ein Erfolg wird. So etwas ist Niels nie passiert. Die Vorschüsse waren nie so hoch, dass man davon hätte ein Jahr leben können, und die Verkaufszahlen auch zu niedrig, um noch zusätzlich etwas zu verdienen. Aber zumindest konnte er immer regelmäßig veröffentlichen. Acht Romane waren es bisher. Immerhin.

Doch seit einiger Zeit hat Niels das Gefühl, dass kein weiterer dazukommen wird. Ihm fällt nichts mehr ein. Seit zwei Jahren ringt er mit einer Idee, ohne sie fassen zu können. Und Corona hat ihm nun den Rest gegeben. Zuerst dachte er, die Unmöglichkeit, live aufzutreten, verschaffe ihm Zeit und Ruhe. Doch er brachte nichts zustande. Keine einzige Zeile, weder Roman noch Song, hat er zu Papier gebracht.

Erst gab er der Pandemie die Schuld. Mittlerweile ist er überzeugt, dass die Sache ernster ist. Er hat nichts mehr zu sagen. Bis gerade eben hat er das eher als Befreiung betrachtet.

Nun verspürt er einen ekelhaften Neid auf eine junge Russin am Anfang ihrer Karriere. Armselig ist das.

»Natascha kommt eigentlich von der Slam Poetry«, macht Ralf weiter. »Super Texte. Knapp, schnell. Direkt zwischen die Augen.«

Niels muss sich zurückhalten, um nicht etwas Sarkastisches zu sagen. Er konnte Ralf für seinen Kunstgeschmack nie ernst nehmen. Für ihn musste es eingängig und gefällig sein. Huey Lewis oder Madonna, mitunter auch die Prinzen oder Pur, statt Bob Dylan oder der Smiths; John le Carré oder Ken Follet statt Kafka oder wenigstens Milan Kundera. Wenn es zu tiefgründig war, *zog es ihn runter.* ›*Die Welt ist schlecht genug, das weiß ich auch so, da muss ich nicht noch Bücher drüber lesen‹*, war traditionell seine Erklärung.

Dennoch kann Niels sich vorstellen, wie Natascha schreibt. Er hat etliche dieser jungen Slammer kommen und auch wieder gehen sehen. Sie sind hip, urban, virtuos und hantieren mit angesagten Themen, über die er zu wenig weiß; schreiben assoziativ und im aktuellen Jargon über Social Media, Migration, Rassismus, Post-Feminismus, Gender oder Cancel Culture. Immer wieder, so auch jetzt, ertappt er sich dabei, wie er sich daneben wie ein langweiliger alter Mann fühlt, der nichts zu sagen hat. So müssen sich Pink Floyd vorgekommen sein, als die Sex Pistols aufgetaucht sind. Oder Iron Maiden nach Nirvana. Damals. Vor langer Zeit.

Natascha trinkt ihr drittes Glas. Sie spielt ihren derzeitigen Erfolg herunter. *Keine große Sache. Alles chill und so.* Irgendetwas stört Niels daran. Natürlich hat Ralf ihr erzählt, dass er auch Autor ist. Aber sie ist so von sich überzeugt, dass sie nicht einmal die Höflichkeit besitzt, ein wenig Small Talk mit ihm darüber zu halten. Worüber Niels andererseits ganz froh ist, denn er braucht kein geheucheltes Interesse. Dennoch schmerzt es ihn. Verdammte Eitelkeit.

»Wann kommt der Roman?«, fragt Dani.

Natascha zuckt die Schultern. »Nächsten Frühling.«

Sie schenkt sich und Ralf noch einmal ein, blickt fragend in die Runde, ob sich jemand anschließt. Sie prosten sich zu und trinken. Volker, Niels und Dani wechseln einen Blick, Ralf tut so, als ob er es nicht bemerkt.

Danielas und Volkers Sohn erscheint in der Haustür, Niels muss kurz überlegen, bis er auf den Namen kommt, dann fällt er ihm ein: Benjamin.

Benjamin starrt wortlos in die Runde und geht wieder ins Haus.

Daniela sieht Volker ernst an, offenbar versteckt sich in ihrem Blick eine Aufforderung, dann ruft Volker:

»Bennie, komm doch noch mal her.«

Der Junge, er ist etwa sechzehn, erscheint missmutig in der Tür.

»Sagst du mal *Hallo* zum Besuch? Das sind Ralf und Niels, meine ältesten Kumpels.«

Bennie schaut seinen Vater ausdruckslos an, dann murmelt er kaum hörbar »Hallo« und läuft an ihnen vorbei zum Hof hinaus.

»Gehst du aus?«, ruft Dani ihm nach.

Bevor er um die Ecke biegt, gibt er ein genervtes »Jaja« von sich, dann ist er verschwunden.

Dani stöhnt. »*Wohin, mit wem,* war es eigentlich, was ich wissen wollte. Waren wir auch so?«

»Ich nicht«, sagt Volker.

»Bei mir war gar niemand da, den ich hätte fragen können«, sagt Ralf.

»*Your sons and your daughters are beyond your command*«, zitiert Volker Bob Dylan. »Muss wohl so sein.«

»Ich habe dem Scheißer jahrelang die Windeln gewechselt, verdammt«, sagt Dani. »Und jetzt verhält er sich, als würden wir ihm ständig ganz schlimmes Leid zufügen.«

»Tut ihr ja auch. Einfach nur, weil ihr da seid«, sagt Ralf.

»Aber seine Wäsche lässt er sich ganz gern waschen.«

»Deine Entscheidung«, sagt Ralf.

»So einfach ist es nicht. Du glaubst doch nicht, dass da eine Verhaltensänderung herauskäme, wenn ich damit aufhören würde. Der würde einfach alles so lange anziehen, bis er den Gestank selber nicht mehr aushalten würde.«

»Mit süßlichem Pubertätsdeo kann man einiges übertünchen«, sagt Ralf.

»Hör bloß auf damit«, sagt Volker kopfschüttelnd. »Garantiert stinkt wieder das ganze Haus danach.«

»Und dann würde er sein Konfirmationsgeld nehmen und damit so lange neue Klamotten kaufen, bis es weg ist«, spinnt Dani ihren Gedanken weiter, »Hauptsache, er muss nichts waschen.«

Alle lachen. Außer Natascha, die ausdruckslos zuhört.

»Neulich hab ich Bennie beim *ihr wisst schon was* erwischt«, sagt Dani.

Ralf und Niels müssen lachen.

Volker schaut überrascht auf. »Das hast du mir gar nicht erzählt.«

»Ja warum denn auch? Du hast ja am Ende noch Verständnis für ihn, oder was? Ich find das einfach nur eklig. Ich will nicht, dass das in meinem Haus stattfindet. Das ist doch ein Bild, das krieg ich jetzt nie mehr aus dem Kopf.«

»Ach komm«, sagt Volker und winkt ab, »das machen doch alle Jungs in dem Alter. Das ist doch normal.«

Dani starrt ihn an. Sie sucht nach Worten. »Normal also, hm?« Dani starrt finster in die Runde.

Ralf, Niels und Volker sehen sich unbehaglich, aber auch amüsiert an.

»Noch jemand ein Bier?«, fragt Volker, der alte Deeskalator.

»Ach, ihr Männer seid doch alle gleich«, sagt Dani, »ich will das alles gar nicht wissen, was ihr da so macht.«

Ihre Empörung, die gerade noch echt schien, wechselt in eine deutlich gespielte Verzweiflung, und die leichte Anspannung, die gerade noch in der Luft lag, löst sich auf.

»Also, ich denke«, sagt Ralf, »mit sechzehn machen das alle.«

»Früher war das natürlich schwieriger, ohne Internet und alles«, sagt Niels. »Ich war siebzehn, als ich mal bei Andreas Neumann zu Hause ein paar Minuten von so einem Film gesehen habe. Die Kassette hat er wohl bei den Sachen seines Vaters gefunden. Und das war schräg genug. Zusammen mit einem Kumpel im elterlichen Wohnzimmer so etwas anzuschauen, und jeden Moment können die Eltern heimkommen, und dann weiß der Vater, dass der Sohn nicht nur weiß, dass der Vater Pornokassetten besitzt, nein, er schaut sie sogar mit der ganzen Nachbarschaft an.«

Volker grinst, und auch Daniela hat Probleme, ernst zu bleiben.

»Mein erotisches Highlight«, sagt Niels, »war jahrelang Nena mit ihrem roten Ledermini auf der Bravo vorne drauf. Und dann vielleicht noch die Sexszene in *Der Name der Rose.* So war das. Mein erstes Pornoheft habe ich mit achtzehn bei meinem Ferienjob aus der Fabrik mitgehen lassen. Und das war eine verdammte *Praline.* Da würde sich dein Sohn kaputtlachen drüber. Da sieht man ja heute in einem Fernsehheft mehr.«

»Das ist ja schon wieder süß«, sagt Dani.

Alle lachen, Ralf und Natascha schenken sich noch einen Schnaps ein.

»Und Benni mit seinem ganzen bescheuerten Gehabe

ist noch nicht mal der Schlimmste«, sagt Dani plötzlich, »wartet mal ab, bis ihr Jule kennenlernt, das wird erst noch ein Spaß. Ich weiß gar nicht, ob das alles wirklich nur an der Pubertät liegt oder ob das Problem nicht weitaus größer ist.«

»Na, so schlimm ist es jetzt auch wieder nicht«, sagt Volker leise und trinkt einen Schluck Bier.

Dani sieht ihn vielsagend an, verzichtet aber auf eine Antwort.

Niels denkt an Heike.

KAPITEL

6

FRÜHER

Heike hatte sich im letzten Jahr sehr verändert. Aus dem kleinen Mädchen, dem der Weggang seiner Mutter nicht viel auszumachen schien, das Morten Harket und neonfarbene Rollerskates toll fand, war nicht nur eine sechzehnjährige Pubertätswahnsinnige geworden, die sich auch äußerlich mit jeder Woche, so schien es, in eine erwachsene Frau verwandelte, nein, Heike war seit einiger Zeit auf dem Kriegspfad.

Sie schminkte sich Augen und Lippen dunkel, lackierte sich die Nägel schwarz und kleidete sich punkig. Niels verstand, im Gegensatz zum Vater, prinzipiell, was sie da machte und warum, das machte es aber nicht einfacher, mit ihr auszukommen. Sie schien die beiden Männer, mit denen sie zusammenleben musste, zu hassen, genauso wie alle ihre Lehrer und Klassenkameraden. Sie hatte in den letzten Monaten ihren kompletten Freundeskreis ausgetauscht, und die neuen Freunde gaben Anlass zur Sorge.

Natürlich würde Niels sie nicht fragen, ob sie etwas gegessen hatte, denn er glaubte, je öfter sie darauf angesprochen wurde, desto weniger aß sie. Aus Protest.

Heike saß auf der Wohnzimmercouch und sah fern; etwas, das sie nur tat, wenn sie das Haus für sich allein hatte.

»Wo gehst du heute Abend hin?«, fragte Niels.

Es dauerte eine Weile, bis sie antwortete.

»Party«, murmelte sie, ohne den Blick vom Fernseher zu nehmen.

»Aha, und wo?«

»Wasserreservoir.«

Ein beliebter Treffpunkt in den Weinbergen.

Niels nickte. Die Unterhaltung ermüdete ihn genauso wie Heike, auch wenn er das Gefühl hatte, sich um seine irregeleitete kleine Schwester kümmern zu müssen, etwas Empathie zu zeigen, zu der ihr Vater nicht in der Lage war. Aber heute war ihm nicht danach. Er hatte keine Lust, zu Hause zu bleiben, nur um sich nachher wieder von seinem Vater anmaulen zu lassen. Wortlos ging er aus dem Haus, zwei Blocks die Straße runter und klingelte an der Haustür.

Anna öffnete mit Handtuch auf dem Kopf die Tür und grinste.

»Es ist Samstagabend, und du klingelst unangemeldet bei mir. Das heißt, du hast kein Date und auch sonst nichts Besseres vor.«

»Im Gegensatz zu dir, nehm ich an«, sagte er.

Sie lächelte ihn vielsagend an. »Ich hab noch Zeit, komm rein.«

Er folgte ihr in den Flur.

»Hallo, Frau Sommer«, sagte Niels zu Annas Mutter, die gerade in den Flur trat.

Sie lächelte ihn an, und er spürte, wie der Boden ein wenig zu schwanken begann. Annas Mutter galt allgemein als *hot*. Ganz im Gegensatz zu vielen anderen Müttern von Freunden, die mit ihren Duttfrisuren und biederen Klamotten, manche trugen sogar Kittelschürzen, aussahen wie alte Frauen, obwohl sie eigentlich noch keine fünfzig waren. Annas Mutter wusste um ihre Wirkung, wie Niels annahm, und genoss die Blicke der Jugendlichen, ohne es zu zeigen. Niels folgte Anna nach oben in ihr Zimmer.

Er kannte sie, seit er denken konnte. Immer wieder meinten Leute, auch Ralf und Volker, dass Anna und er eigentlich ein Paar sein müssten, weil sie so gut zusammenpassten, aber das war völlig abwegig. Niels sah Anna eher als Schwester. Als Schwester, die einem nicht den letzten Nerv raubte.

»Gehst du mit Rouwen aus?«, fragte er.

Anna nickte, drehte ihm den Rücken zu, ließ ihr Handtuch fallen und zog sich einen BH an.

Niels schaute kurz hin, dann verlegen weg und dann wieder hin. Es gab Momente, dies war einer davon, da merkte er, wie hübsch Anna war, und hin und wieder ertappte er sich dabei, wie er von ihr träumte. Wenn er aufwachte, war ihm das immer ein wenig peinlich, aber es war irgendwie auch schön. Ihre Beziehung, dachte er, war wie in diesem Lied von Klaus Lage, nur, dass es zwischen den beiden nie *Zoom* gemacht hatte.

Rouwen war ein Mannschaftskollege von Niels, und er war eigentlich ganz in Ordnung.

»Meinen Segen hast du«, sagte er.

Anna lachte. »Da bin ich aber froh.«

»Ich hab mich verliebt, glaub ich«, sagte er. Er war selbst überrascht, dass diese Worte einfach so herauskamen, er hatte es nicht geplant gehabt.

»In mich?«, fragte Anna und lachte.

»Ähm.« Niels wurde ein wenig rot und nestelte nervös an einer Haarbürste herum, die er plötzlich in der Hand hielt.

»War ein Scherz, beruhig dich. In wen?«

»Sibel«, sagte er.

Anna sah ihn eine Weile nachdenklich an, dann nickte sie.

»Das wundert mich nicht. Sie sieht unglaublich gut aus. Ist nett und schlau.«

»Ja, das ist vielleicht das Problem. Ist alles ein wenig zu viel des Guten, oder?«

Anna hielt ihm eine Jeans und einen Minirock hin und sah ihn fragend an.

Er zeigte auf die Jeans, auch wenn er sie in dem Moment gerne im Minirock gesehen hätte. Er wollte aber nicht, dass Rouwen sie so sah. Warum, wusste er in dem Moment selbst nicht so genau.

»Sprich sie an.«

»Meinst du? Ich kann das nicht so gut.«

»Was soll denn passieren? Die ist viel zu nett, um dich auflaufen zu lassen.«

»Was soll denn das heißen, gehst du davon aus, dass sie eh Nein sagt?«

Anna hatte ihre Jeans angezogen, beugte sich zu ihm vor und küsste ihn auf die Stirn.

»Ich glaube, sie sagt Ja.«

Niels spürte, wie es in seinem Magen zu kribbeln begann.

KAPITEL

7

HEUTE

Hof läuft gut«, sagt Volker auf Niels' Frage, wie es ihm gehe.

Das ist typisch. So laufen hier die Gespräche über Befindlichkeiten, vor allem unter Männern. Man weicht auf handfeste Fakten aus. Wie es einem geht, ist kein Gesprächsthema. Darüber denkt man nicht einmal nach. Die Großeltern waren die Meister darin. Immer weiter machen. *Wie fühlen Sie sich? Was soll das für eine Rolle spielen? Es muss halt gemacht werden, was gemacht werden muss, egal, wie ich mich fühle. Wen interessiert das denn? Weiter jetzt.* So etwa.

Sie sind mittlerweile ins Haus gegangen und sitzen in der großen, im Landhausstil eingerichteten Küche.

»Hofladen auch«, macht Volker weiter, »Corona ist fast kein Problem für uns, auch im Lockdown nicht. Wir haben eh nie mehr als fünf Leute gleichzeitig im Laden, da haben wir natürlich auch nicht dichtgemacht.«

»Das würd' ich auch gern sagen können«, sagt Ralf. Er leitet eine Werbeagentur in Frankfurt, die die letzten Jahre kontinuierlich gewachsen ist. Angefangen hat er allein, mittlerweile beschäftigt er zwölf Leute.

»Alles weggebrochen. Von einem Tag auf den anderen. Leute alle in Kurzarbeit. 250.000 Euro sichere Aufträge weg. Ein halbes Jahr Umsatz.«

»Shit«, sagt Volker.

»Könnt' ich nicht besser sagen«, sagt Ralf und trinkt noch einen Schnaps. Man merkt es ihm nicht an, dass es mittlerweile fünf oder sechs waren, denkt Niels. Natascha sitzt immer noch mit einem Gesicht neben ihm, das schwer zu beschreiben ist, eine Mischung aus ausdruckslos, spöttisch und verächtlich.

»Und jetzt?«, fragt Volker Ralf.

»Langsam geht es wieder los. Viel Kleinkram und so langfristige Geschichten, wo das Geld erst nächstes Jahr fließt oder so. Ich hab 20.000 Fixkosten im Monat. Weiß gerade nicht, wie das gehen soll.«

»Solange es noch für deinen schrecklichen SUV da draußen reicht …«, sagt Dani.

Ralf sieht sie kurz genervt, dann belustigt an.

Niels und sicher auch Volker hatten Ähnliches gedacht, es aber nicht gesagt. Dani kannte da keine Skrupel.

»Bist du neidisch?«, fragt Natascha.

»Ich? Um Gottes Willen!«, ruft Dani.

»Ich glaube, du bist neidisch.«

Mit Nataschas Menschenkenntnis scheint es nicht so weit her zu sein. Neid auf einen SUV ist das Letzte, was einem zu Dani in den Sinn käme. Niels erinnert sich an ihr Umweltengagement in der Schule, ihre Atomkraft-Demo nach Tschernobyl, die sie organisiert hatte, ihre Versuche, die Schule dazu zu bringen, gesünderes Essen im Kiosk zu verkaufen.

»Jeder macht das, was er will und sich leisten kann, ist das nicht so im Kapitalismus?«, sagt Natascha.

Dani sieht Natascha ernst an.

»Du musst offenbar noch viel lernen. Wir sind schon einen Schritt weiter. Wir versuchen, die Welt mit den Mechanismen des Marktes besser zu machen, nicht schlechter.«

Natascha sieht sie regungslos an, dann trinkt sie noch einen Birnenschnaps, steht auf und geht hinaus, wohl um zu rauchen.

Alle sehen Ralf an, der hebt die Hände.

»Hey, eigentlich ist die ganz toll, vielleicht ist sie etwas nervös.«

»Ja genau.« Der Sarkasmus in Danis Stimme ist unüberhörbar. »Volki, sollen wir uns mal ums Essen kümmern?«

Niels erhebt sich ebenfalls, im Gegensatz zu Ralf, der seelenruhig sitzen bleibt und sich noch einen Schnaps einschenkt.

»Ja, und du, Niels?«, fragt Dani vom Herd, »wann kommt von dir etwas Neues?«

Niels atmet schwer.

»Bald. Irgendwann. Oder so.« Niels ringt nach Worten. »Ich liefere seit Längerem immer wieder die bewährten Sachen, damit Geld reinkommt. Aber eigentlich empfinde ich nichts mehr dabei. Es langweilt mich selbst. Klar, Applaus nach einem Auftritt ist toll, aber es wirkt immer mehr wie die Kopie einer Kopie. Wie in *Groundhog Day,* wenn er versucht, diesen einen gelungenen Tag mit

Andie MacDowell noch einmal nachzustellen und es immer abgeschmackt wirkt.«

»Dann bist du gar kein echter Künstler«, sagt Natascha hinter ihm. Sie lehnt im Türrahmen, wer weiß, wie lange schon.

»Schon wieder da?«, fragt Volker.

Sie sieht ihn an. »Ich rauche tief, aber schnell.«

Ein guter Satz, denkt Niels.

»Ein echter Künstler hat keine Wahl«, fährt Natascha fort. »Ihm ist egal, ob jemand zusieht. Er kann nicht anders. Es muss raus. Erfolg ist nett, aber egal.«

Niels weiß, was sie meint. Er erinnert sich, dass er das vor langer Zeit auch so empfunden hatte.

»Ja, vielleicht hast du recht. Aber du bist jung. Das Leben ist ein Marathon, kein Sprint. Aber vielleicht ist ein Vorteil des Alters, dass man weniger eitel ist. Vielleicht hab ich einfach keine Lust mehr, mit gestelltem Kamm herumzugockeln. Denn eins ist ja wohl auch klar. Künstler sind alles Narzissten. Man gefällt sich so unglaublich gut in dem, was man da tut, oder, Natascha?«

Sie zischt verächtlich. »Die Selbstrechtfertigung langweiliger alter Männer, die kein Feuer mehr haben.«

Volker lacht. »Ja, das sind wir wohl. Besser kann man uns eigentlich nicht beschreiben.«

»Aber auch wir waren einmal die Herren des Universums«, sagt Niels.

»Oh ja, verdammt. Das waren wir!«, ruft Ralf und knallt sein Glas auf den Tisch.

KAPITEL

8

FRÜHER

Der Sonntagvormittag fühlte sich an wie vor einem Gewitter. Es lag etwas in der Luft. Jeder konnte es spüren.

Niels' Magen kribbelte seit dem Aufstehen.

Die beiden Mannschaften warfen sich schon vor dem Vereinsheim feindselige Blicke zu. Als sie die Stufen zu den Kabinen hinabstiegen, füllte sich der Sportplatz bereits mit Zuschauern.

In der Umkleide der Feldhausener herrschte grimmiges Schweigen.

Bis Cerny, der Trainer, die Kabine betrat. Nicht alle waren so zeitig im Bett gewesen wie Niels, der ja nicht einmal von Anfang an spielte. Manch einer zog sich bleich und mit müden Augen sein Trikot an, aber sie alle würden nachher alles geben, keiner konnte es sich leisten, bei einem solchen Spiel zu versagen, der Trainer und die Ehre würden das nicht verzeihen. Es war erstaunlich, was junge Körper leisten können. Und allmählich wurden die Spieler immer aufgekratzter.

Cerny hatte den Ernst der Lage erkannt und versuchte eher, seine Jungs zu beruhigen und sie dazu zu bringen, einen kühlen Kopf zu bewahren, anstatt noch Öl ins Feuer zu gießen.

»Lasst euch nicht provozieren«, sagte er. »Spielt euer Spiel. Bleibt fair, egal, was passiert. Wir bleiben unserem Stil treu.«

Sie staksten mit ihren Stollenschuhen auf den Platz und machten sich warm. Jede Mannschaft in ihrer Hälfte. Niels beobachtete, wie Chuck, Diego und ein paar andere sich zusammenrotteten und mit Blick auf die Feldhausener etwas besprachen. Er hatte ein mulmiges Gefühl.

Irgendwann rief der Schiedsrichter beide Teams zusammen, und man lief unter Applaus und Gejohle von der Seitenlinie auf den Platz ein. Es waren bemerkenswert viele Zuschauer für ein A-Jugend-Spiel anwesend.

Das Spiel war neben dem Derbycharakter auch tabellarisch brisant. Rossbach lag mit einem Punkt Vorsprung vor Feldhausen auf dem zweiten Platz, ein Sieg heute bedeutete nicht nur zwei Siege in Folge gegen den ewigen Konkurrenten, sondern drei Punkte Vorsprung, bei nur noch sieben verbleibenden Spielen.

Es war bewölkt, aber trocken, nicht zu kalt und nicht zu warm und windstill, perfektes Fußballwetter.

»Na, ihr Wichser!«, rief Erik Rouwen zu, laut genug, dass die Spieler, aber nicht der Schiedsrichter, es hörten. »Sollen wir uns gleich aufs Maul hauen oder erst ein wenig Fußball spielen?«

»Egal, was heute passiert«, erwiderte Ralf, »der Unterschied zwischen euch und uns wird für alle Zeiten der sein, dass wir Hirne haben und ihr nicht.«

»Ihr seid ja nicht mal eine richtige deutsche Mannschaft«, sagte Klotz, »nennt euch doch gleich FC Kümmeltürk.«

Damit bezog er sich auf die vier türkischen Spieler in den Feldhausener Reihen. In Rossbach spielte kein einziger, obwohl zwei von ihnen dort wohnten. Die Feldhausener waren froh um sie. Niels wusste, dass sein Vater nicht gerade der Integrationsbeauftragte des Sportvereins war, aber er erkannte einen guten Fußballer, wenn er ihn sah, und seinem Sohn gegenüber hielt er sich sowieso zurück mit möglichen ablehnenden Äußerungen, weil dadurch Konflikte vorprogrammiert waren.

»Verdammte Nazis«, sagte Rouwen, worauf die Rossbacher irgendetwas zurückgrunzten.

Die Mannschaften nahmen Aufstellung. Rouwen, der Kapitän, rief noch einmal alle zusammen und schwor sie ein.

»Männer, erstens: Jeder gibt alles! Zweitens: Wir sind die Geilsten! Drittens: Forever young!«

Sie johlten bestätigend, dann ging es los.

Niels nahm mit vier anderen Auswechselspielern auf der überdachten Bank Platz. Daneben, an die Begrenzungsstange neben dem Spielfeld gelehnt, stand Hotte Kult, übergewichtiger und rotnasiger Bauunternehmer, Mäzen und 1. Vorstand des Weiß-Rot Feldhausen, und rauchte.

Die Rossbacher stiegen von Anfang an hart ein. Erik spielte als Verteidiger gegen den schnellen Metin, Volkers Aufgabe war es, Diegos Kreise zu stören.

Erik teilte von Anfang an gegen Metin aus, der schon bald keinen Zweikampf mehr wagte, weil jeder mit einem Foul gegen ihn endete. Der junge Schiedsrichter pfiff zwar, tat aber sonst nichts, um die unfaire Spielweise zu unterbinden. Klotz senste Rouwen um, Chuck riss Ralf zu Boden, so kam keine Kreativität bei den beiden Feldhausener Mittelfeldstrategen auf, und nach dem fünften harten Einsteigen von Erik gegen Metin wurden Spieler und Zuschauer unruhig.

»Jetzt reicht's mal«, rief Hotte Kult, »Schiri, was muss noch passieren, bis du Gelb ziehst?«

Der Schiedsrichter, nur wenig älter als die Spieler, war sichtlich nervös. Offenbar wollte er den Dingen erst einmal seinen Lauf lassen, die harte Spielweise der Rossbacher schien ihn zu überraschen und zu überfordern.

Volker war der Einzige, der mit seiner kantigen, aber nie unfairen Spielweise dagegenhielt, immer wieder lag Diego lamentierend am Boden.

Wenn er nicht in der Nähe des Balles war, redete Diego ständig auf Volker ein, vermutlich überzog er Volker und seine gesamte Familie mit übelsten Beleidigungen, doch Volker blieb gewohnt stoisch. So konnte man ihn nicht provozieren.

Zur Halbzeit stand es 0:0, es hatte kaum Torszenen gegeben, Rossbach versuchte gar nicht erst, offensiv zu spielen, und Feldhausen fiel nichts ein, um die harte Defensive auszuhebeln.

»Muss eigentlich erst einer ins Krankenhaus, bis ihr anfangt, Fußball zu spielen«, giftete Trainer Cerny Richtung Rossbacher Bank, aber dort wurde nur gegrinst.

»Keine schlechte Idee«, rief einer.

Die zweite Halbzeit begann mit einem weiteren groben Foul an Metin, diesmal war es Chuck. Metin blieb längere Zeit liegen, Cerny drehte sich zur Bank um, sah kurz Niels an, aber der machte sich keine Hoffnungen. Er war kein Stürmer und würde es nie sein, daher würde nicht einmal eine Verletzung Metins ihn einem Einsatz heute näherbringen. Er wurde nervös. Er hatte gehofft, in der Halbzeit hereinzukommen. »In der zweiten schauen wir mal«, war alles, was sein Vater hatte verlauten lassen.

Metin stand wieder, lief aber immer weniger rund. Er hatte offenbar Schmerzen. Die Rossbacher trauten sich jetzt etwas mehr zu, versuchten selbst, immer wieder zu Chancen zu kommen, wodurch sich aber im Mittelfeld Lücken für Rouwen und Ralf auftaten.

Immer wieder suchten die beiden Metin, der aber mittlerweile nicht mehr schnell genug war und etliche in die Spitze gespielte Bälle verpasste.

Irgendwann kam doch einer an, von Rouwen perfekt hinter Eriks Rücken in Metins Lauf gespielt, der so schräg Richtung Tor laufen konnte. Der letzte Mann der Rossbacher schnitt ihm aber gut den Weg ab, was Erik die Möglichkeit gab, Metin einzuholen und von hinten per Blutgrätsche von den Beinen zu holen. Der Zorn der Zuschauer und Spieler half nichts, das Spiel war für Metin beendet. Er kämpfte mit den Tränen, als er, gestützt von zwei anderen Spielern, vom Platz humpelte.

Niels blickte auf seinen Vater und Hotte Kult, die völlig außer sich herumschrien und immer wieder auf den Platz liefen, um Schiedsrichter, Rossbacher Spieler und Trainer zu beschimpfen, auch wenn Erik für dieses Foul die längst überfällige Gelbe Karte sah, was natürlich viel zu wenig war.

Das Spiel neigte sich dem Ende entgegen. Vor allem bei den Rossbachern schwanden nun zusehends die Kräfte. Sie standen nicht mehr so eng, es gab immer mehr Platz für Ralf und Rouwen, und etwa zehn Minuten vor Schluss war es dann so weit: Rouwen steckte den Ball zwischen zwei Verteidigern durch, Ralf hatte nur noch vor sich und links und rechts je eine Anspielstation.

Niels hörte, wie Chuck am Mittelkreis »Erik, jetzt!« schrie. Sie diskutierten später viel darüber, ob die Rossbacher wirklich geplant hatten, was nun geschah, ob ihre Ankündigung vom Vortag nicht nur heiße Luft gewesen war, aber die Wahrheit kam nie ans Licht. Sicher war, dass Ralf sich den Ball einen Tick zu weit vorlegte, Niels sah, wie er beschleunigte, um noch vor Erik am Ball zu sein, was ihm auch gelang, wenngleich nur kurz, denn schon kam ihm Erik entgegengerutscht. Er hatte gar nicht vor, den Ball zu treffen, den Ralf seitlich an seinen Füßen vorbeispitzelte.

Er hatte es nur auf Ralfs Beine abgesehen. Er traf ihn frontal gegen die Schienbeine, Ralf war so schnell, dass er sich überschlug.

Als sein linkes Schienbein brach, klang es wie knackendes Eis beim Sprung auf eine zugefrorene Pfütze. Alle hörten es. Für einen Moment war es still, dann hörte man Ralfs Schmerzensschreie, und kurz darauf brach die Hölle los. Feldhausener Spieler, Betreuer und Zuschauer brüllten vor Zorn. Einige Zuschauer sprangen über die Absperrung, die das Spielfeld umgab, und drohten den Rossbacher Spielern Prügel an. Hotte Kult warf seine Zigarette weg, rannte so schnell er konnte auf den Platz und packte Erik am Kragen, wurde aber von Chuck daran gehindert, ihn zu schlagen.

Trainer Cerny schubste einen Rossbacher Spieler zur Seite, der sich ihm in den Weg stellte, sodass der umfiel, und rannte zu Ralf. Dann rief er nach einem Krankenwagen.

Das war kein Foul, das war Körperverletzung.

Erik sah die Rote Karte, trotz aller Unschuldsgesten, die einfach nur absurd wirkten, der Schiedsrichter versuchte, die Gemüter zu beruhigen.

Der Rossbacher Trainer, dem offenbar dieses Foul selbst zu weit ging, redete beschwichtigend auf Cerny und Hotte ein, die immer wieder mit wutverzerrten Gesichtern Richtung Chuck und Erik schimpften und Anstalten machten, auf die beiden loszugehen.

Plötzlich besann sich Cerny auf seine eigentliche Aufgabe. Er drehte sich zu Niels um.

»Niels, du bist dran. Mach sie fertig!«

Während Niels noch ein paar Dehnübungen machte, beruhigte sich das Geschehen auf und um den Platz langsam wieder. Erik verließ aufreizend schlendernd den Platz, klatschte sich auf dem Weg mit Chuck ab und erhielt von Diego einen Klaps auf den Hinterkopf.

Der Schiedsrichter winkte Niels hinein, als Ralf auf einer Bahre stöhnend an ihm vorbeigetragen wurde, eine Hand auf dem Gesicht.

Als das Spiel wieder begann, standen die Feldhausener offenbar unter Schock. Immer wieder blickten sie Richtung Ralf, der auf seiner Bahre neben dem Spielfeld lag, betreut von Hotte und den verbliebenen Ersatzspielern.

Niels fand überhaupt nicht ins Spiel. Wenn er überhaupt einmal an den Ball kam, verlor er ihn gleich wieder.

Die Rossbacher, obwohl in Unterzahl, witterten ihre Chance, und kurze Zeit später war es Diego, der mit einem Mal am Elfmeterpunkt frei stand, den Ball halbhoch zugespielt bekam, ihn gut unter Kontrolle brachte, zielte und den Ball gegen das Lattenkreuz hämmerte. Er schrie verzweifelt auf und raufte sich die Haare, als der Ball ins Feld zurücksprang, wo Volker ihn kontrollieren konnte und plötzlich die aus irgendeinem Grund völlig freie linke Außenbahn vor sich hatte. Kaum einer der Rossbacher folgte diesem Gegenzug, sie blieben einfach stehen, Chuck schrie und gestikulierte im Mittelkreis, als einige Feldhausener die Situation erkannten und mit der letzten Luft nach vorne mitmarschierten.

Plötzlich waren sie in der Rossbacher Hälfte in der Überzahl. Volker blickte auf und spielte den Ball auf Höhe der Mittellinie nach innen zu Rouwen, der mit großen Schritten wieder nach links Richtung Strafraumeck rannte. Die beiden verbliebenen Verteidiger hatten in dem Moment dieselbe Idee, nämlich ihn anzugreifen, wodurch in der Mitte plötzlich ein Spieler völlig frei stand: Niels Cerny.

Rouwen spielte ihm den Ball zu. Niels hörte die Rufe der Zuschauer, irgendwo dazwischen die Stimme seines Vaters. Niels hatte nun zwei Möglichkeiten: direkt zu schießen oder mit dem Ball noch ein paar Schritte auf den Torwart zuzulaufen. Aus einem Grund, den er selbst niemals erklären konnte, entschied er sich für die waghalsigere Variante. Vielleicht war es die Angst vor dem direkten Duell mit dem Torwart, vielleicht sah er auch, dass jener einen Tick zu weit vor seinem Tor stand, jedenfalls machte er nicht seinen üblichen Fehler: Diesmal dachte er nicht nach.

Er schoss.

Er traf den Ball perfekt mit dem Außenrist, weich mit Effet, sodass er sich hob, für einen kurzen Moment sah es aus, als ob er zu hoch fliegen würde.

Bei Toren aus größerer Entfernung gibt es einen Moment, eine Sekunde oder weniger, in der der Schütze als einziger Mensch sieht, dass der Ball ins Tor geht. Dieser Moment ist wie ein kurzer, heftiger Rausch.

Niels sah es. Er sah, dass der Ball sich gerade rechtzeitig senkte und hinter dem Torwart oben links einschlug. Ein heftiges, unbeschreibliches Glücksgefühl durchströmte ihn, eine Euphorie, wie man sie nur ganz selten im Leben spürt. Er schrie als Erster.

Dann sahen es auch die anderen.

Niels hörte die Jubelschreie um ihn herum, er drehte sich um und sah Rossbacher, die sich ihre Hände vors Gesicht schlugen, er sah hochgerissene Arme, geballte Fäuste, Spieler in Rot und Weiß, die sich in den Armen lagen. Er sah Hotte mit rotem Kopf, beide Arme in die Luft gereckt, wodurch sein Hemd derart nach oben gezogen wurde, dass der nackte Bauch freilag.

Und dann wurde Niels umgerissen und unter den Körpern seiner Mannschaft begraben.

Kurze Zeit später war das Spiel beendet. Ralf war mit dem Krankenwagen abgeholt worden, ohne dass es jemand mitbekommen hatte.

Die Rossbacher saßen mit leeren Blicken auf dem Rasen.

Und die Feldhausener feierten. Sein Vater gab Niels einen Klaps auf die Schultern und nickte ihm grinsend, aber wortlos zu. Immer wieder klopfte ihm ein Mitspieler auf die Schultern, den Po, den Hinterkopf oder den Oberarm.

Hotte kam auf ihn zu und nahm ihn in den Arm.

»Jungs, das könnt ihr nicht mit mir machen«, rief er immer wieder. »Mein Herz.« Dann brüllte er dem Wirt des Vereinsheims zu: »Die Jungs trinken heute auf meine Rechnung!«

Niels stand zwischen all dieser Begeisterung und grinste. Das Leben, dieses alte Arschloch, war manchmal einfach doch perfekt.

KAPITEL

9

HEUTE

Marlene und ich waren acht Jahre zusammen, die Hälfte davon mehr aus Pflichtgefühl als aus irgendwelchen anderen Gründen. Aber immerhin die längste Beziehung, die ich je hatte«, sagt Niels auf Danis Frage, wie es ihm privat gehe.

»Dann war sie nicht die Richtige«, sagt Natascha.

»Vielleicht war ich auch nicht *der* Richtige«, sagt Niels.

»Und eure Tochter?«, fragt Volker und wirkt leicht gereizt dabei.

»Ja, das ist das Problem«, sagt Niels. »Aber nur wegen eines Kindes zusammenzubleiben, kam mir auch falsch vor.«

»Das nennt man *Verantwortung*. Aber wenn man verlässlich ist, dann ist man in eurer Welt ja gleich ein langweiliger Spießer«, sagt Volker mit kurzem Seitenblick auf Dani.

Niels versteht nicht, woher Volkers Gereiztheit kommt. Irgendetwas scheint in ihm zu brodeln.

»Ja, aber was hat Liv denn davon, wenn sie in einem Elternhaus mit all diesen Spannungen aufwächst und mit achtzehn oder so erfährt, dass ihre Eltern nur ihretwegen zusammengeblieben sind. Glaubst du, sie will das?«

Volker brütet vor sich hin.

»*Desperado*«, beginnt Ralf zu singen, »*du reitest nun schon seit Jahren allein und verloren durch die Prärie, so hart und rastlos bist du auf der Suche, doch hier in der Einsamkeit findest du dich nie.*«

»So ein Schwachsinn«, sagt Niels, »ich muss nicht unbedingt allein sein.«

»*Du treibst dein Pferd die Hügel hoch*«, macht Ralf grinsend weiter, »*in den Canyons hängt dein Echo, was du suchst, das weißt nur du allein, das nächste Tal kann noch grüner sein, und dahinter glänzt Gold im Sonnenschein.*«

»Außerdem«, sagt Niels, »singst du hier wohl eher über dich.«

»Ja, auch«, sagt Ralf, »aber ich steh wenigstens dazu und jammer nicht rum.«

»Ich jammer nicht rum«, sagt Niels, »ich bedaure einfach, dass das nichts wurde mit Marlene. Ich dachte wirklich, das könnte es sein. Ich war verdammt noch mal wirklich verknallt in die Frau. Und als Liv kam, war ich sicher, wir könnten das zusammen schaffen. Eine Familie. Und nach einer Weile hab ich nichts mehr gefühlt. War wie betäubt.«

Seit er von hier wegging, zieht sich ein Muster durch seine Beziehungstrümmer. Entweder macht er Schluss oder er verhält sich so, wie er gar nicht sein will, wie jemand, in dessen Gegenwart es einen friert, um seine jeweilige Partnerin dazu zu bringen, ihn zu verlassen.

Seit vielen Jahren redet Niels sich ein, dass seine Rastlosigkeit, was Beziehungen angeht, mit dem Fluch kreativer und fantasiebegabter Menschen zu tun hat, dass sie sich immer viel besser ein anderes Leben vorstellen können als das, was sie gerade führen. Er dachte damals, als er von hier wegging, dass er alles hinter sich lassen könnte: seine Jugend, seine Herkunft, die Nacht am See und alles, was damals passiert war. Alles wollte er begraben, außer einem: Dieses beherrschende Gefühl jenes Sommers, dass alles möglich sei. Das wollte er sich bewahren.

Aber wenn er ehrlich ist, weiß er, dass davon nicht mehr viel übrig ist; dass dieses Gefühl mit jenem Sommer genauso zu Grunde gegangen ist wie seine Unschuld. Er ist am Ende und weiß nicht, wie es weitergehen soll.

Er massiert seine Stirn. »Ja, und du«, wendet er sich an Ralf, auch, um von sich abzulenken, »du bist jetzt angekommen, oder wie? Du bekommst doch auch nichts hin. Ist Natascha jetzt die Lösung, oder wie? Sorry, Natascha.«

Natascha zieht die Brauen hoch, offenbar überrascht, nun zum Gegenstand der Unterhaltung zu werden.

»Im Gegensatz zu dir«, sagt Ralf, »will ich gar nichts anderes. Und ja: Im Moment ist Natascha die Lösung. Was morgen ist, weiß kein Mensch.«

»Was willst du denn überhaupt von dem alten Mann?«, fragt Niels Natascha.

»Vorsicht, ich habe immer noch gesunde Nägel und volles Haar«, sagt Ralf lachend. Er ist blendender Laune. Den vielen Schnaps, denkt Niels wieder, merkt man ihm kaum an. Er scheint einiges zu vertragen. Genau wie Natascha, die immer noch völlig nüchtern wirkt, jetzt aber Niels ansieht und Ralf dann unvermittelt lange und ausgiebig auf den Mund küsst.

»Fuck«, sagt Volker irgendwann schnaubend und macht sich noch ein Bier auf.

KAPITEL

10

FRÜHER

Niels schwebte in die Schule an diesem Morgen. Er fuhr allein, weil er als Einziger Englisch LK hatte und die Kurse der anderen in der ersten Stunde ausfielen.

Im Kadett hörte er drei Mal hintereinander *Boys of Summer*, der Soundtrack dieses Sommers, und er dachte dabei an Sibel.

But I can see you,
Your brown skin shining in the sun,
You got your hair combed back and your sunglasses on, baby.
I can tell you my love for you will still be strong.

Auf dem Weg vom Parkplatz zur Schule sah er Sibel mit ihren Freundinnen vor dem braunen Gebäude stehen. 7:40 war etwas früh, um ein Mädchen anzusprechen, aber er war heute unbesiegbar. Er hatte das nicht geplant, aber er wusste in dem Moment, dass heute der Tag war, an dem es geschehen musste und gelingen konnte. Ohne weiter darüber nachzudenken, ging er zu ihr und klopfte ihr auf die Schulter.

Sie drehte sich um, und ihre Schönheit verschlug ihm kurz den Atem. Er war in dem Moment sicher, dass sie das schönste Mädchen war, das er je gesehen hatte. Sie lächelte ihn an.

»Kommst du mal kurz, bitte? Ich möchte dich etwas fragen.«, sagte er, und erst als diese Worte aus seinem Mund kamen, überrollte ihn eine Welle der Nervosität, dass ihm beinahe schlecht wurde und seine Knie zu zittern begannen. Was tat er hier? Sibels Freundinnen sahen ihn leicht spöttisch an. Sein Selbstbewusstsein geriet ins Wanken.

Sibel trat einen Schritt zur Seite auf ihn zu.

»Niels Cerny, der Derbyheld«, sagte sie. Natürlich hatte sie von ihrem Bruder Metin alles gehört.

Stolz und verlegen gleichzeitig winkte er ab.

»Ja, das, also …«

Sie sah ihn aus dunklen Augen an, und ihm wurde schwindlig. Er wandte den Blick ab und sah auf ihren Mund, dann wurde er sich dessen gewahr, wanderte weiter und landete aus Versehen bei ihren Brüsten, von denen er den Blick etwas zu lange nicht abwenden konnte, ohne dass er das wollte. Er spürte, wie er rot wurde. Die Selbstsicherheit, die er eben noch empfunden hatte, war verschwunden.

Er blickte wieder hoch und sah, dass sie ihn mit hochgezogenen Augenbrauen amüsiert musterte.

»Also, ich wollte … na ja, würdest du, hättest du vielleicht Lust, irgendwann … mit mir … also was trinken zu gehen?«

Damit war es raus. Er hatte es getan. Es gab kein Zurück mehr. Er war sicher, sie würde Nein sagen, ihren Freundinnen, die immer noch neugierig zu ihnen herübersahen, alles erzählen, und dann würden sie gemeinsam über ihn lachen. Das Tor von gestern und alles, was es bei Niels bewirkt hatte, war in weite Ferne gerückt.

Und dann sagte sie: »Ja.«

Einfach Ja. Mehr nicht, aber auch nicht weniger. Das Wort klang in seinen Ohren nach.

Sie lächelte.

»Wann?« Er kratzte sich am Kopf. »Kannst du? Heute?«

Sie überlegte. »Ich brauche etwas mehr Vorlauf. Es ist nicht so, dass meine Eltern mir einfach erlauben würden, abends mit einem Jungen auszugehen. Ich muss das planen.«

»Oh, ach so, und wie lange brauchst du dafür?«

»Samstag?«

»Samstag ist toll.«

Als er sich von ihr verabschiedete und ins Klassenzimmer schwebte, kannte seine Euphorie keine Grenzen mehr. Erst das Tor gestern, nun Sibels Zusage. Er war der König der Welt.

Am Dienstag besuchten Niels und Volker Ralf zum zweiten Mal im Krankenhaus. Seit dem Vortag standen schon wieder zwei neue Mädchennamen auf seinem Gips.

»Wie ist das möglich?«, fragte Niels amüsiert. »Wir waren gestern bis um sechs hier, heute Morgen war Schule. Jetzt ist es zwei. Wann ist das geschehen?«

Ralf zog die Schultern hoch und grinste.

»Nun, der Gentleman genießt und schweigt.«

»Das ist doch abartig, wie kann denn das sein?«, sagte Volker in gespielter Verzweiflung. »Du siehst nicht gut aus, bist nicht besonders intelligent, redest viel Blech, wieso kommst du denn so gut an bei den Frauen?«

Ralf gluckste amüsiert.

»Ich gelte in manchen Kreisen durchaus als attraktiv, täusch dich da mal nicht. Vermutlich hat es aber auch mit meiner fast schon legendären Potenz zu tun.«

Niels und Volker schrien vor Entsetzen.

Volker zog Ralfs Gipsbein näher zu sich hin, um sich die Unterschriften anzusehen.

»Steffi und Susanne. Fuck, das gibt es doch nicht. Niels, sag doch mal was.«

»Vielleicht geht es dabei eher um Mitleid«, sagte Niels, »wie er so hilflos daliegt.«

»Redet euch das nur ein, wenn ihr euch dann besser fühlt«, sagte Ralf grinsend.

Eine Weile sprach niemand.

»Aber mal im Ernst«, sagte Niels irgendwann, »tut es weh?«

Ralf nickte. »Schon.«

Alle drei brüteten ernst vor sich hin. Niels sah Volker an und wusste, was er in dem Moment dachte. Er erinnerte sich an das Spiel, das bösartige Foul, Ralfs Überschlag und das fürchterliche Knacken von Ralfs Schienbein.

»Diese Wichser«, stieß Volker hervor. »Im Grunde schreit das nach Vergeltung!«

»Aber wirklich«, sagte Niels, der aber in dem Moment noch dachte, Volker meine das vielleicht nicht ganz ernst.

Volker sah Niels durchdringend an.

»Ich hab da eine Idee«, sagte er.

KAPITEL

11

HEUTE

»Komm, wir gehen mal eine rauchen«, raunt Niels Ralf zu. Er möchte sich kurz mit seinem alten Freund allein unterhalten, ohne Natascha.

»Komisch, wieder hier zu sein?«, fragt Ralf, als sie mit Zigaretten im Hof stehen.

Niels nickt. »Und wie. Nimmst du Natascha mit zu deiner Mutter?«

Ralf grinst. »Sie kann ja schlecht im Auto schlafen, oder?«

»Deine Mutter ist ja einiges gewohnt, was dich und die Frauen angeht.«

»Ist wohl so.«

»Wie lange seid ihr denn schon zusammen?«

»Ja, so eine Weile, weiß ich gar nicht.«

Niels wartet eine Weile, ob von Ralf noch etwas kommt.

»Und liebst du sie oder so?«

Ralf lacht. »Du, ach Gott, Liebe, du weißt ja.«

Niels denkt wieder an Marlene und wie verliebt er am Anfang in sie gewesen war, was aber alles nichts genutzt hat. Vielleicht war Ralfs Weg doch der bessere.

»Ich glaube einfach«, sagt Ralf, »dass eine Frau, wenn sie *Ich liebe dich* sagt, etwas anderes meint als man selbst. Also ich zumindest.«

Niels überlegt, ob das stimmen könnte, ist sich aber nicht sicher.

»Ich glaube, Frauen lieben anders. Tiefer. Bedingungsloser. Und ehrlich gesagt, hat mir das immer schon ein wenig Angst gemacht. Ich war ja bis vor einem Jahr mit einer Frau zusammen, die mir irgendwann das Messer auf die Brust gesetzt hat, zusammenziehen, Kinder und alles. Außerdem bin ich charakterlich nicht geeignet, Gespräche über Frotteehandtücher und Römertöpfe zu führen. Und dann diese Haarspaltereien am Rande der Wahrnehmungsgrenze. Frauen nehmen ja Dinge wahr, von deren Existenz Männer nicht einmal etwas ahnen. Das ist doch unheimlich. Und außerdem hab ich gemerkt: Mein Leben lang hab ich ein paar Dinge perfektioniert, die nur kurze Zeit funktionieren. Ich bin mittlerweile ein Virtuose darin, die richtigen Antworten auf Fragen zu geben, die nur eine Frau stellen kann: *Liebst du mich? Findest du diese Frau dort hübsch? Was denkst du gerade?* Fangfragen, aus denen nur der wahre Meister einen Ausweg findet. Keinesfalls darf man auf diese Dinge die Wahrheit sagen. *Ich denke gerade daran, ob ich meinen Range Rover verkaufen und mir dafür einen VW Amarok zulegen soll. Welches war das beste Huey-Lewis-Album? Wann genau wurde Madonna uncool? Welches war der beste Sex meines Lebens? Ja, ich könnte mir problemlos vorstellen, mit dieser Frau dort zu schlafen, und zwar jetzt hier sofort im Stehen.* Allerdings hab ich gemerkt, dass ich damit nur eine bestimmte Zeit durchkomme und dass die Frauen nach einer Weile merken, dass sie sich mit einem eher schlichten Typen eingelassen haben, mit viel Fassade und wenig Inhalt. *Du* warst immer so der Intellektuelle, aber ich? Da ist viel Schein dabei, das weiß ich auch. Deshalb bin ich auch so gut aufgehoben in der Werbebranche. Nach einer Weile muss ich weiter. *I'm a wandering star,* you know? *Hell is in hello* und das alles. Jemand wie Natascha mit ihrer völlig undurchsichtigen Art, die nur im Moment lebt und keine weiteren Fragen stellt, ist genau das, was ich jetzt brauche.«

Niels erinnert sich, wie er verliebt gewesen war in Sibel. Verlieben konnte er sich immer ganz gut. Aber lieben? Das war etwas ganz anderes, und vielleicht, denkt Niels, weiß er genauso wenig wie Ralf, was das eigentlich ist. Im Grunde waren ihm bei Marlene auch schon nach etwa drei Jahren massive Zweifel gekommen, ob er das wirklich wollte. Drei Jahre, das ist etwa der Zeitraum, den Routine und Alltag benötigen, um alles zu killen, was am Anfang neu und aufregend gewesen war. Die Jahre danach waren nur noch ein Kampf, den sie für ihre Tochter Liv und gegen das erneute Scheitern einer Beziehung geführt hatten.

»*Was ich haben will, das krieg ich nicht, und was ich haben kann, das gefällt mir nicht*«, wie die Fehlfarben einst sangen.

Vielleicht ist das aber auch alles Quatsch. Vielleicht ist das Problem einfach man selbst. Er weiß es nicht. Er weiß überhaupt immer weniger, je älter er wird. Anders als sein Vater, der immer alles ganz genau wusste. Und dabei sollte er sich als Autor doch auskennen mit der menschlichen Natur. Vielleicht hatte seine Großmutter recht, als sie vor langer Zeit zu ihm sagte, dass die Männer in dieser Familie alle ein *Herz aus Holz* hätten. Er hatte geglaubt, sie meinte die Liebe zum Holz, sein Großvater war Schreiner und sein Vater hatte eine Ausbildung als Zimmermann gemacht, aber möglicherweise meinte sie etwas anderes: Sie hatten kein Herz aus Stein, das nicht, nicht einmal sein Vater, aber eben auch keines aus Fleisch und Blut. Es war etwas dazwischen.

»Aber *die* ist ja schon ein wenig speziell, oder?«, kommt Niels auf das Thema Natascha zurück.

Ralf grinst.

»Weißt du was? Die hat irgendwie eine Macht über mich, die ist fast schon unheimlich. So ein Spell, weißt du? Wenn die mich ansieht, würd' ich alles machen. Ich hab fast ein wenig Angst vor der. Und das ist ganz schön geil.«

Niels sieht seinen alten Kumpel verwundert an.

»Das ist aber schon irgendwie krank, oder?«

Ralf kichert und raucht.

»Vielleicht. Aber weißt du, was noch seltsamer ist? Irgendwie wird sie immer kleiner.«

»Kleiner?«, fragt Niels.

»Ja. Am Anfang kam sie mir viel größer vor, da dachte ich, wir seien gleich groß, und jetzt muss ich mich ganz tief hinab bücken, wenn ich sie küssen will.«

Niels muss lachen. »Ein Trick, meinst du?«

»Ja, so was. Die hat eh so was Unheimliches an sich, vielleicht ist sie eine Hexe oder so, hab ich mir schon mal gedacht.«

»Vielleicht eine Scheinriesin, wie bei Jim Knopf?«, wirft

Niels ein. »Je näher man ihr kommt, desto kleiner wird sie.«

»Ja«, sagt er, »das könnte sein, davon hat man ja schon viel gehört. Dass es das wirklich gibt.«

Sie rauchen schweigend.

Niels sieht Ralf an, der ernst ins Dunkle starrt. Dann prustet Ralf los. »Was denkst du denn?«, japst er. »Der Sex. Das ist der Wahnsinn.« Er senkt die Stimme. »So was hab ich noch nie erlebt. Das ist unglaublich.«

Niels ist fast schon erleichtert, eine rationale Erklärung für Nataschas Anwesenheit hier gefunden zu haben.

»Natürlich finde ich sie auch ein wenig seltsam«, sagt Ralf, »ich weiß auch gar nicht, was die von mir will, wir passen ja gar nicht zusammen.«

»Und wie lange geht das schon so?«

»Ein paar Wochen. Manchmal redet sie stundenlang gar nichts, so wie auf der Fahrt hierher, dafür hatten wir dann aber zweimal Sex.«

»Während der Fahrt?« ruft Niels.

»Keine Details!« Ralf hebt die Hände und überlässt alles weitere Niels' Fantasie.

»Ich gehe davon aus, dass die eines Tages ohne ein Wort zur Tür hinausspaziert. Mit so einer Frau kann man keine Beziehung haben. Manchmal weint sie einfach los. Und dann haben wir Sex. Aus heiterem Himmel, ohne Vorwarnung. Und trinken kann die. Mann, o Mann. Aber man merkt ihr nichts an. Unheimlich, sag ich dir.«

Niels schüttelt lachend den Kopf und schmeißt seine Zigarette weg.

»Mann, Ralf.«

»Ja, Niels, da sagst du was.«

KAPITEL

12

FRÜHER

Sie trafen sich um Mitternacht am Dorfbrunnen.

Volker hatte alle angerufen, Rouwen, Clemi, Holgi. Er selbst kam mit dem Traktor, an den hinten ein Pflug montiert war.

»Was geht ab?«, fragte Rouwen.

»Steigt auf und nehmt euch ein Bier.«

Er griff in die Tasche, die zwischen seinen Füßen stand und reichte jedem eine Flasche. Niels war ein wenig mulmig. Volkers Augen blickten, seit sie überhastet das Krankenhaus verlassen hatten, seltsam starr geradeaus. Als wäre er nicht mehr ganz er selbst und von einem unheimlichen Dämon besessen.

Oder er war einfach ein Mann mit einer Mission.

Sie fuhren nach Rossbach.

»Jetzt sag schon«, forderte Clemi auf, doch Volker schwieg.

Irgendwann tauchte der Rossbacher Sportplatz im Dunkel vor ihnen auf. Und plötzlich wussten sie, was er vorhatte.

»Das können wir nicht machen«, sagte Niels, »da sind überall Häuser, die Anwohner haben schon die Polizei gerufen, bevor wir den Mittelkreis erreicht haben.«

»Habt ein wenig Vertrauen«, sagte Volker.

In den Häusern an der Straße, die an den Sportplatz grenzte, brannte nirgends mehr Licht. Man ging zeitig ins Bett in Rossbach. Die Bauern hier mussten morgens alle früh raus.

Volker fuhr langsam bis ans hintere Ende des Platzes, dort, wo es einen Einlass gab, breit genug für den Traktor, der normalerweise verwendet wurde, um den Platz zu walzen.

Volker fuhr langsam auf den Platz und in den Strafraum.

Er setzte das hintere Ende des Pfluges genau auf die Torlinie.

Und dann gab er Gas.

Er fuhr einmal längs über den Platz bis zum anderen Tor. Der Lärm war ohrenbetäubend. In den Häusern gingen die Lichter an. Die Jungs auf dem Traktor schrien. Holgi schmiss seine Bierflasche in hohem Bogen hinter sich.

Menschen kamen aus den Häusern.

Am anderen Tor angekommen, fuhr Volker einen Kreis und wieder zurück. Als Niels hinter sich blickte, sah er die Spur der Verwüstung, die sie hinterlassen hatten. Der Platz würde bis auf Weiteres unbespielbar sein. Das würde dauern.

Die ersten Menschen kamen herüber an die Absperrung und riefen ihnen Dinge zu, die sie nicht verstanden. Der

Inhalt war auch so klar. Manche hoben die Arme und ballten ihre Fäuste. Einer sprang über die Stange auf den Platz und rannte ihnen hinterher. Volker fuhr vom Platz herunter zum Ausgang und nahm dann den Feldweg, der Richtung Bundesstraße führte. Offenbar wollte er über die Äcker zurück nach Feldhausen und nicht über den Weg, den sie gekommen waren. Da draußen war es dunkel, und die Polizei, die sicher schon gerufen worden war, würde sie nicht finden.

Niels ahnte, wohin Volker fahren würde. Sein Vater hatte da draußen ein Grundstück mit einer Gartenlaube. Den Traktor bis morgen dort zu parken und zu Fuß zurückzugehen, war sicher sinnvoll. Niels war die ganze Zeit schon besorgt gewesen, wie sie unauffällig heimkommen sollten.

KAPITEL

13

HEUTE

Sie stehen vor dem Haus, Natascha, Ralf und Niels rauchen eine letzte Zigarette.

»Komm, gib mir auch eine«, sagt Dani, und ihr Mann sieht sie überrascht an, sagt aber nichts.

»Und, Natascha«, fragt Dani, »wie findest du das hier?«

Natascha nimmt einen tiefen Zug und sieht Dani mit ihrem typischen, seltsam verschleierten Blick an.

»Ist Heimat«, sagt sie. »Für euch.«

Alle sehen sie an, gespannt, was diese merkwürdige Frau zu sagen hat. »Steckt in euch allen drin. Selbst in Ralf und vor allem in dir, Niels. Ihr könnt am Ende der Welt leben. Dieses Dorf kommt immer mit. Kriegt ihr nicht raus.« Sie zuckt mit den Schultern, schmeißt ihre Zigarette lässig in den Aschenbecher. »Ist so, kann man nix machen.«

Damit geht sie zum Range Rover und steigt ein. Sie sehen ihr nach, auch Ralf.

»Starker Abgang«, sagt Niels.

Sie umarmen sich.

»Bis morgen«, sagt Dani. »Sagst du Anna noch Bescheid, dass sie abends auch zu uns zum Essen kommen soll?«

Niels sieht Dani verwundert an.

»Soll sie?«

»Sag du's mir«, meint Dani.

Niels muss eigentlich nicht lange nachdenken.

»Klar.«

Der Range Rover fährt an ihnen vorbei zum Hof hinaus.

Das Beifahrerfenster öffnet sich, und Natascha beugt sich ein wenig hinaus.

»Obwohl eure Vergangenheit die ganze Zeit da ist, redet ihr nicht darüber.«

Es ist weit nach Mitternacht, als Niels die Tür zu seinem Elternhaus aufschließt. Er hat das Auto lieber bei Dani und Volker gelassen und ist nach Hause gelaufen. Kurz hat er Sorge, ob sein alter Schlüssel überhaupt noch passt, aber er tut es. Der Geruch, der ihm entgegenschlägt, bringt ihn beinahe aus dem Gleichgewicht. Es ist kein Gestank, es ist der Geruch des Hauses, der ihm so vertraut ist und den er so lange nicht gerochen hat, ja, von dem er nicht einmal wusste, dass er existierte. Aber jetzt erinnert er sich an das Heimkommen aus Urlauben, wie das Haus immer genau so gerochen hat.

Es sieht alles so aus wie früher. Er schaut kurz in fast jedes Zimmer. Es ist alles sauber und aufgeräumt. Die letzten Jahre hatte Vater eine polnische Haushaltshilfe und Pflegerin, Olga, die Anna vermittelt hat.

Im Wohnzimmer stehen immer noch die zwei Fernsehsessel, obwohl er so lange allein ferngesehen hatte. Vielleicht saß Olga auf dem zweiten Sessel.

Er geht ins Schlafzimmer und schaut auf das Bett, in dem sein Vater gestorben ist. Als Kind schien ihm sein Vater so stark, unbesiegbar, unsterblich. Niels denkt an das eingefallene kleine Männlein im Sarg.

Dann geht er die Treppe nach oben, vorbei an Heikes alter Zimmertür und dem Zimmer seiner Mutter, das später als Rumpel- und Wäschekammer benutzt wurde, und geht in sein altes Zimmer. Es ist alles genau so, wie er es verlassen hat.

Jim Morrison an der Wand. Der Borussia-Mönchengladbach-Wimpel.

Sein Bücherregal. Konzerttickets. Udo Lindenberg in der Freiburger Stadthalle. BAP. Queen auf dem Mannheimer Maimarkt. Er sieht seine erste Gitarre in der Ecke, die er mit seinem Großvater zusammen in dessen Werkstatt gebaut hat.

Sein Bett ist gemacht, so als hätte sein Vater damit gerechnet, dass er jederzeit zurückkommen könnte.

A little voice inside my head said:
›Don't look back. You can never look back.‹
I thought I knew what love was.
What did I know? Those days are gone forever.
I should just let them go but …

Wieso fallen ihm ausgerechnet jetzt diese Zeilen aus *Boys of Summer* ein? Er hat das Lied so lange nicht gehört.

Niels atmet tief ein und wieder aus, stellt seine Tasche

ab, setzt sich auf sein altes Bett und vergräbt sein Gesicht in den Händen.

KAPITEL

14

FRÜHER

Die Aufregung war groß in den folgenden Tagen. Im Grunde war allen völlig klar, wer den Platz der Rossbacher zerstört hatte, aber es konnte nicht bewiesen werden. Der Verein erstattete Anzeige gegen Unbekannt.

Volker ließ den Traktor, das Einzige, was die Anwohner möglicherweise genauer hätten beschreiben können, die ganze Woche auf dem Gartengrundstück. Irgendwie brachte er seinen Vater dazu, nicht weiter nachzufragen, auch nicht, als die Polizei bei ihnen klingelte. Sein Vater war ein knorriger, aber gutherziger Schweiger, der sich einfach umdrehte und wegging, als die Polizisten vor ihm standen.

Vielleicht fehlte es am unbedingten Willen der Polizei, das Ganze aufzuklären, aber tatsächlich kam nie offiziell heraus, wer den Rossbacher Platz so beschädigt hatte, dass für viele Wochen kein Spiel darauf ausgetragen werden konnte. Augenzeugen widersprachen sich, der Traktor konnte nicht ausfindig gemacht werden, in Feldhausen herrschte das Gesetz des Schweigens.

Niels' Vater äußerte sich auch nur knapp zu dem Vorfall.

»Wart ihr das?«, fragte er seinen Sohn bei einem der sehr seltenen gemeinsamen Abendessen zu dritt.

Niels grinste schief.

»Vielleicht, vielleicht auch nicht.«

Sein Vater sah ihn ernst an, aber in seinen Augen blitzte ein Lächeln auf, und Niels wusste, dass seine Abneigung gegen die Rossbacher stärker war als mögliche moralische oder juristische Bedenken.

»Ihr seid solche Arschlöcher«, keifte Heike, die missmutig in ihrem Essen herumstocherte. »Wo sollen die Rossbacher jetzt spielen?«

Niels und sein Vater sahen sich verwundert an.

»Und außerdem«, machte Heike weiter, »könnt ihr euch auf was gefasst machen. Ihr glaubt doch nicht, dass die das auf sich sitzen lassen werden.«

»Was ist eigentlich mit dir los?«, fragte Niels überrascht und amüsiert. »Bist du jetzt hier die Empathie in Person?«

Heike starrte ihn wütend an. Er ging davon aus, dass sie nicht wusste, was Empathie hieß, weshalb er den Begriff gewählt hatte.

»Und wieso weißt du eigentlich etwas über die Rossbacher?«, fragte er.

Für einen kurzen Moment wurde Heike verlegen, dann stand sie abrupt auf.

»Ihr werdet schon sehen«, sagte sie und stampfte in ihr Zimmer.

Je näher der Samstag kam, desto langsamer verging die Zeit.

Es gab kaum mehr einen Moment, in dem Niels nicht in Gedanken bei Sibel und ihrer Verabredung weilte. Er überlegte, was er anziehen würde, wo sie hingehen wollten und worüber er reden sollte.

Am Dienstagabend hatte ihn sein Vater vor versammelter Mannschaft gelobt. Im Training am Donnerstag stellte er ihn für die Startelf am Sonntag auf. Sie waren nun an den Rossbachern vorbeigezogen und Tabellenzweiter, drei Punkte hinter dem Ersten.

Der Samstagabend kam. Um 18 Uhr setzte er sich mit seinem Vater vor den Fernseher, um in der Sendung *Anpfiff* auf RTL Fußball zu schauen. Sein Vater hasste diese Sendung und wünschte sich wie jeden Samstag lautstark die *Sportschau im Ersten* zurück. Wenigstens gewann Eintracht Frankfurt, seine Lieblingsmannschaft, das besänftigte ihn ein wenig.

»Heute Abend kein Alkohol und früh ins Bett, verstanden?«, sagte er in einer Werbepause zu Niels. »Wir dürfen morgen keine Punkte verlieren, nicht gegen diesen Gegner.«

Niels hätte normalerweise gute Lust gehabt, pampig zu reagieren, aber es war ihm heute egal.

»Aye, Aye, Sir«, sagte er mit Militärgruß an der Stirn. Sein Vater grinste schief.

»Ich geh nachher noch aus, aber nicht so lange. Ich fahre, daher kein Alkohol.«

Sein Vater nickte. »Mit den Jungs?«

»Mit einem Mädchen.« Er stellte fest, dass es ihm tatsächlich ein wenig peinlich war, ihm das zu sagen. Es war eine Weile her, seit er mit einem Mädchen ausgegangen war.

Seit seiner unglückseligen Beziehung mit der sprunghaften Steffi war es zwar zu der einen oder anderen Partyknutscherei, aber nicht mehr zu einem offiziellen Abenddate gekommen, und schon gar nicht am Wochenende.

Sein Vater zog die Augenbrauen hoch. »Aha. Wie heißt die Glückliche?« Die Wortwahl nervte Niels, aber er hatte keine Lust auf einen Streit.

»Sibel. Metins Schwester.«

Sein Vater sah ihn mit einem Blick an, den er nicht deuten konnte, stellte dann den Fernseher aus, zog sich Jacke und Schuhe an und sagte: »Ich geh noch ins Clubheim.«

Das Clubheim, so schien es Niels, war das eigentliche Zuhause seines Vaters. Dort saß er am Stammtisch mit den immer gleichen Männern, und dann redeten sie über Fußball oder das Leben, was für diese Männer im Grunde auf dasselbe herauskam.

Niels wollte ins Bad, um sich fertig zu machen, aber es war besetzt. Heike. Sie war schon seit einer Ewigkeit da drin.

»Kommst du mal, ich muss duschen.«

Er hörte ihre genervte Antwort, eine Viertelstunde später kam sie tatsächlich heraus, und ihn traf beinahe der Schlag. Sie sah aus wie eine Nutte. Viel zu kurzer Rock, Strümpfe mit Löchern, Docs, ein Träger-T-Shirt, unter dem man seitlich ihre nackten Brüste sehen konnte, ohne den Kopf zu verrenken. Das Gesicht grotesk überschminkt.

Niels starrte sie an, und sie starrte zurück.

»Fastnacht ist vorbei«, sagte er.

»Lass mich in Ruhe, du Spießer.«

»Du gehst so nicht aus dem Haus.«

»Bist du jetzt mein Vater, oder was?«

Niels wurde von einer Welle des Zorns gepackt. Am liebsten hätte er seine Schwester mit Gewalt in ihrem Zimmer eingesperrt.

»Ich hab keine Lust, so langweilig rumzulaufen wie ihr. Immer nur Jeans und T-Shirt. Das kotzt mich an.« Immerhin blitzte in dieser Antwort fast so etwas wie ein Reflexionsvermögen auf. Bisher hatte sie immer so getan, als wüsste sie überhaupt nicht, wo eigentlich das verdammte Problem mit ihrem Outfit sei.

»Aber das kannst du nicht machen. Schreib dir doch gleich *Fick mich* auf die Stirn.«

Ein Auto fuhr vor und hupte.

»Mich will wenigstens jemand ficken«, blaffte sie ihn an und traf ihn damit mehr, als er zugeben wollte.

Er sah aus dem Fenster und konnte nicht fassen, was er dort sah.

Vor dem Haus stand das Auto von Erik. Er kannte diesen eitergelben Opel Ascona mit den albernen Rallyestreifen an den Seiten.

»Was willst du denn mit *dem* Penner?«, rief er und spürte, wie sein Zorn noch stärker wurde. Wieso holte er sie ab? Machte sie das, um ihn zu provozieren? Sie wusste doch um das Problem mit den Rossbachern, mal davon abgesehen, dass sie hässlich und dumm waren. Ihm wurde klar, dass er die Rossbacher seit dem letzten Geschehen nicht mehr nur auf eine amüsante Art seltsam und unsympathisch fand, sondern richtiggehend hasste.

Sie drehte sich noch einmal um und ging auf ihn zu.

»Ihr seid doch bescheuert. Ich mach doch nicht mit bei

eurem Kindergartenscheiß. Rossbach. Feldhausen. Wir gut, die doof. Das ist doch krank. Ich geh aus, mit wem es mir passt.«

Und damit verließ sie das Haus, lief auf die Straße und setzte sich, ohne mehr als »Hi« zu Erik zu sagen, der an sein Auto gelehnt Richtung Haus schaute, auf dessen Beifahrersitz. Erik ließ noch einmal den Blick schweifen, als wollte er prüfen, dass Niels das alles auch wirklich mitbekam, und grinste dabei. Dann stieg er ein, ließ den Motor aufheulen und fuhr mit quietschenden Reifen davon.

KAPITEL

15

HEUTE

Irgendwann muss er eingeschlafen sein, ohne seine Kleidung ausgezogen zu haben. Die Sonne scheint ihm ins Gesicht, als er aufwacht.

Das Erste, was ihm einfällt, sind Nataschas Worte über die Vergangenheit, über die niemand spricht. Er hatte ihr unrecht getan, als er ihr fehlende Menschenkenntnis attestierte. Sie hatte offenbar genau verstanden, was hier passierte.

Niels reibt sich die Schläfen, der Kopfschmerz hat sich leider nicht verflüchtigt und sitzt beharrlich pochend an derselben Stelle wie gestern.

Es ist kurz nach neun. Sechs Stunden bis zur Beerdigung. Niels steht auf und geht in die Küche, wo er eine Filterkaffeemaschine findet. Er holt die Tüte mit den Einkäufen. Während der Kaffee durchläuft, geht er ins Bad und duscht so lange und heiß, bis seine Haut ganz rot ist.

Zurück in der Küche macht er eine Liste mit allem, was er erledigen muss.

Er telefoniert noch einmal mit dem Bestatter, ob für den Nachmittag alles geregelt sei.

Dann sichtet er Versicherungsunterlagen und versucht, sich einen Überblick zu verschaffen, wem er alles Bescheid sagen und was gekündigt werden muss.

Er sieht, dass das Haus seit etlichen Jahren abbezahlt ist.

Sein Vater hat ihm keine Nachricht hinterlassen, keinen Brief, nichts, was weiterhelfen würde, er weiß auch nichts von einem Testament.

Niels geht in sein Zimmer und zieht sich an. Er öffnet ein paar Schränke, die alle leer sind, dann untersucht er seinen alten Schreibtisch. Auf dem Regal an der Wand stehen noch ein paar Bücher, einige Reclam-Hefte, Schullektüren, wie er sich erinnert. Er greift nach einem. *Faust.* Er denkt an Dr. Gries, seinen Deutschlehrer in der Oberstufe.

The world is my oyster hat jemand auf die Vorderseite geschrieben. Niels erinnert sich, dass er das selbst war, auch wenn er seine eigene Handschrift fast nicht wiedererkennt.

KAPITEL

16

FRÜHER

Ralf war aus dem Krankenhaus entlassen worden und durfte mit seinem Gips und den Krücken natürlich vorne sitzen.

»Ich lieg sonst noch wund«, hatte er gesagt. Es war klar, dass mit jemandem wie Ralf strikte Bettruhe nicht zu machen war.

In dieser Woche war Volker der Fahrer, was bedeutete, dass im Auto Hardrock und Heavy Metal lief. Die drei Freunde wechselten sich mit Fahren zur Schule ab – Anna hatte kein Auto –, und der Fahrer suchte die Musik aus. Bei Ralf war das 80er-Pop und bei Niels Rock und Singer-Songwriter der 60er- und 70er-Jahre.

Volker und Ralf hatten sich außerdem in letzter Zeit angewöhnt, schon morgens im Auto je mindestens zwei Zigaretten zu rauchen, weshalb man, kaum hatten sie die Bundesstraße erreicht, fast nichts mehr sehen konnte, während dazu AC/DC oder Metallica liefen.

Heute kam jedoch nicht *Back in Black* oder *Ride the Lightning* aus den Lautsprechern, sondern etwas überraschend Ruhiges: *Who wants to live forever.*

Die Mitfahrer sahen Volker fragend an.

»Ich bin schon ein wenig enttäuscht jetzt«, sagte Ralf.

»Quatsch. Dani und ich haben gestern mal wieder *Highlander* gesehen. Die Szene, in der seine Frau neben ihm immer älter wird und dann stirbt und er immer jung bleibt, ist das Traurigste, was ich je gesehen habe. Ich gebe es zu: Ich habe geweint.«

»Hat er«, seufzte Dani, die neben Niels und Anna eingequetscht auf der Rückbank von Volkers Ford Taunus saß. »Kann so ein harter Knochen sein, aber da hat er geweint, kein Zweifel.«

»*Ich kenne das Leben. Ich bin im Kino gewesen*«, zitierte Niels.

»Na ja, wo das Problem mit der Unsterblichkeit ist, erfährt man halt nicht in Feldhausen«, sagte Volker. »Außerdem war es nicht Kino, sondern VHS.«

Sie hatten Deutsch bei Dr. Gries, ihrem Lieblingslehrer. Sie hatten ihn seit der Mittelstufe, und er war einer der wenigen, bei denen man erstens das Gefühl hatte, dass sie richtig Freude an ihrem Beruf hatten und die ihre Schüler zweitens nicht nur auf die nächste Arbeit oder die nächste Prüfung vorbereiten wollten, sondern auf mehr. Aufs Leben oder so.

In der zehnten Klasse hatte Gries einen Satz zu den Jungs in der Klasse gesagt, den Niels nie vergessen hatte: »Wenn ihr erwägt, euch länger, vielleicht für immer, an eine

Frau zu binden, dann schaut euch ihre Mutter an.« Dann hatte er vielsagend gegrinst. In der nächsten Pause waren Niels, Volker und Ralf alle potentiell attraktiven Mädchen auf ihre Mütter durchgegangen und dann umgekehrt, attraktive Mütter auf deren Töchter. Für die beiden anderen mochte das nur ein Spiel gewesen sein, doch Niels war von dem Moment an geheilt von der unheilvollen Schwärmerei für Steffi Schuhmacher. Stattdessen hatte er erkannt, dass nach dieser Theorie eigentlich nur ein Mädchen, das er kannte, als Freundin in Frage gekommen war: Anna.

Während die Stunde seinen Anfang nahm, dachte er wieder an diesen Satz, und in dem Moment sah er Sibels Mutter vor sich. Sibel, die er morgen endlich treffen würde. Deren Mutter aber eine dieser türkischen Frauen in langen Gewändern und mit Kopftuch war, die sich alle so ähnlich zu sehen schienen. Aber, so sagte er sich, vielleicht galt Dr. Gries' Theorie in dem Fall nicht. Vielleicht war es in dem Fall zu kompliziert mit Tradition und Religion und allem, und vielleicht war Sibels Mutter unter ihrem Kopftuch ja eine Granate. Er grinste, sodass Ralf, der neben ihm saß, ihn fragend ansah. Niels winkte ab.

Die letzte Lektüre, die sie vor dem Abitur lasen, war *Faust*. Gries verstand es, sie Stück für Stück in die Thematik hineinzuführen, und vergaß auch nicht, ihnen immer wieder zu zeigen, was dieser uralte Text mit ihnen heute zu tun hatte. Der Zufall wollte es, dass die drei Freunde, Anna und Daniela alle in diesem Kurs waren.

»Was also ist Fausts Problem, eurer Meinung nach?«, fragte Gries und sah gespannt in die Runde. Solche Fragen stellte er nicht nur, um ihr Wissen zu testen. Er war wirklich interessiert, das spürte man.

Er nahm die Schüler der Reihe nach dran, die ersten beiden hatten nichts Relevantes beizusteuern, außer, er sei halt irgendwie unzufrieden.

Dann kam Ralf an die Reihe. »Ihm fehlen Sex, Drugs und Rock 'n' Roll, vor allem bumst er zu wenig«, lautete seine Analyse, worauf der Kurs in Gelächter ausbrach. Manch einer nickte zustimmend.

»Damit«, sagte Gries lächelnd, »bist du auf einer Linie mit Mephistos Menschenbild. Er glaubt, es gehe nur um tierische Triebe und oberflächliches Vergnügen.«

»Ja klar, was gäbe es denn sonst noch?«, sagte Ralf, und wieder folgte Gelächter.

»Die Studenten in Auerbachs Keller«, fuhr Gries fort, »sind nichts anderes als Après-Ski-Spinner in Ischgl, die glauben, sie nutzten den Tag, wenn sie sich abschössen und in aller Öffentlichkeit aufblasbare Sexpuppen vögelten. *Flache Unbedeutendheiten,* wie Goethe das nennt.«

Die Schüler lachten. Sie verehrten Gries unter anderem auch wegen solcher Sätze. Kein anderer Lehrer sprach so.

»Passt auf, dass ihr nicht immer den einfachen Weg geht. Wahre Menschlichkeit zeigt sich in der Überwindung des einfachen Wegs. Rache, Zorn, Eifersucht, Lust. Alles starke Gefühle, starke Antriebe, aber sie sind einfach da, ohne, dass man etwas dafür tut. Aber darum geht es weder Goethe noch Faust. Das, was Faust möchte, ist mehr.«

Dani war dran. »Faust ist ein typischer Mann. Vergöttert sich selbst und zerstört nachher alles. Wissenschaft, Geliebte, eigenes Kind, dann die Zukunft.«

Einige Jungs stöhnten genervt. Dani gelang es, in fast jedem Beitrag die Themen Umwelt oder Gender unterzubringen. »Was denn?«, blaffte sie ins Rund. »Das ist doch wohl klar!«

Gries grinste und nickte ihr zu. »Kann man so sehen. Das wäre eine ausführliche Untersuchung wert.«

»Midlife crisis«, sagte Volker als Nächstes. »Dem ist langweilig. Jetzt hat er das Gefühl, er habe was verpasst, muss die Sau rauslassen, alles einreißen, Schranken durchbrechen, und natürlich schwängert er eine jüngere Frau.«

»Es ist doch klar, was ihm fehlt«, machte Anna weiter. »Die Liebe zu einer Frau. Hat er nie gefühlt, kennt er nicht. *Wahre Liebe.* Sie ist alles. Himmlisch und irdisch. Sie ist magisch. Sie vereint die zwei Seelen in seiner Brust.«

Das war gut, dachte Niels, der als Nächster dran war. Er hätte Annas Ausführungen gern noch einen drauf gesetzt. Es war ein Spiel, das auch Gries großen Spaß machte. Niels hatte die ganze Zeit versucht, William Blake oder Jim Morrison heranzuziehen. Er konnte diese Assoziationen bilden, was mit ein Grund war, warum er nie unter 13 Punkten blieb und mündlich die 15 abonniert hatte.

Dann aber hatte er eine andere Idee: »*The Power of love, a force from above.* Wenn man annimmt, dass Faust und Mephisto ein und dieselbe Person sind, dann bringen Frankie goes to Hollywood mit ihren beiden Songs *Power of Love* und *Welcome to the Pleasuredome* das ganze Stück *Faust* auf den Punkt. Transzendenz und Hedonismus. Wem es gelingt, beides zu vereinen, dem liegt die Welt zu Füßen. Oder um es mit Holly Johnson, für die Intellektuellen unter euch auch gerne Shakespeare, zu sagen: *The world is my oyster.*«

Ein Raunen ging durch die Reihen. Gries lächelte leicht und zwinkerte ihm fast unmerklich zu.

»Zwei Dinge«, sagte Gries abschließend. »An euren teilweise sehr guten Deutungen seht ihr, was große Literatur ausmacht. Sie ist offen und vieldeutig. Das macht sie zeitlos. Noch wichtiger aber: Eure Antworten haben viel über euch selbst verraten. Ich bin kein Psychoanalytiker, aber ich bin sicher, dass die Art und Weise, wie ihr Fausts Problem deutet, euch begleiten wird. Denkt noch mal drüber nach, was ihr gesagt habt, schreibt es auf, vielleicht findet ihr in dreißig Jahren diesen Zettel wieder. Dann könnt ihr überlegen, ob ihr das Thema in den Griff gekriegt habt.« Er machte eine bedeutungsvolle Pause und sah einmal in die Runde. »Oder es euch.«

KAPITEL

17

HEUTE

Gegen zehn Uhr verlässt er das Haus und versucht sein Glück zwei Blocks die Straße runter, wo Anna mit ihrer Tochter in ihrem Elternhaus lebt.

Aus einem Grund, den er nicht kennt, klopft sein Herz schneller, als er sie durchs offene Küchenfenster reden hört.

»Ich würde einen Kaffee nehmen«, sagt Niels laut. Anna streckt den Kopf heraus, sieht ihn an, lacht und kommt, um die Haustür zu öffnen.

»Niels.«

Er nickt, dann fallen sie einander in die Arme.

»Schön«, sagt sie.

»Ja«, sagt er und meint es. Er erschrickt, als ihm einfällt, dass sie auch fast fünfzig ist, so wie er. Sie sieht viel jünger aus und ist wunderschön. Sie sieht aus, wie er ihre Mutter in Erinnerung hat, die seit ein paar Jahren tot ist.

»Komm rein.«

Im Flur steht Annas Tochter Polly, sie ist etwa elf, so alt wie seine Liv. Bisher hat er nur Bilder von ihr gesehen.

Sie sieht ihn mit großen Augen an.

»Ich weiß, wer du bist«, sagt sie.

»Und ich weiß, wer du bist.«

Sie mustert ihn noch ein paar Sekunden, dann sagt sie: »Mama, der Niels kann bleiben« und geht in ihr Zimmer.

Anna sieht Niels entschuldigend an.

»Den Letzten hat sie gehasst«, sagt sie und lacht verlegen. »Ich eigentlich auch.«

»Was macht Pollys Vater?«, fragt er.

Sie zuckt mit den Schultern.

»Es wechselt, zur Zeit ist es wieder ganz gut.«

Anna hatte eigentlich nicht vorgehabt, in Feldhausen zu bleiben, nach dem Abitur war sie ein Jahr in den USA, danach wollte sie möglichst im Ausland etwas mit Wirtschaft studieren. Dann wurde ihr Vater krank, und sie half ihrer Mutter, ihn zu pflegen. Sie studierte in Freiburg VWL, nach seinem Tod ging es mit ihrer Mutter weiter, sie kam zurück, zog in ihr Elternhaus ein, heiratete Rouwen, sie bekamen Polly, aber Rouwen trank zu viel und bekam es nicht in den Griff. Quartalsalkoholiker mit regelmäßigen Abstürzen. Auch alle folgenden Beziehungsversuche scheiterten.

»Danke, dass du nach meinem Vater gesehen hast.«

Sie nickt.

»Wie war es denn so am Ende mit ihm?«

Sie sieht ihn ernst an.

»Er wollte nicht mehr.«

»Habt ihr geredet?«

»Über dich, meinst du?«

Niels nickt.

»Er hat im Laufe seines Lebens alles verloren, was er hatte. Ich glaube, dass sie den Fußballplatz plattgemacht haben, hat ihm den Rest gegeben.«

»Das ist aber auch merkwürdig«, sagt Niels, »dass da jetzt so viele Häuser stehen.«

»Er war kein einziges Mal im neuen Stadion. Er hat auch nie verwunden, dass Feldhausen und Rossbach jetzt *ein* Verein sind.«

Niels muss lachen.

»Das ist doch wirklich unglaublich, oder? Geschichte. Im einen Moment geht es um Leben und Tod, ein paar Jahre später weiß niemand mehr, was eigentlich das Problem war.«

»Ich habe es schon damals nicht verstanden«, sagt Anna.

Er folgt ihr in die Küche. Sie macht Kaffee, und sie gehen vors Haus und setzen sich auf die Treppe.

»Ich hatte das Gefühl«, sagt sie, »dass er gerne noch mal mit dir gesprochen hätte. Aber er wusste nicht, wie. Hat er nie gelernt. Wie so viele Männer hier. Rouwen ist auch so.«

Niels dachte an seinen Vater. Diese Unfähigkeit, positive Gefühle zu artikulieren. Zuneigung. Liebe. Fehler eingestehen. Jemanden um Verzeihung bitten. Alles läuft in Andeutungen, Gesten, ein Klaps auf den Hintern oder die Schulter, ein entgegengestrecktes Bier.

Und das Schlimmste war: Auch wenn Niels seit Jahren professionell mit Worten umging, hatte auch er es nicht geschafft, seinem Vater einen Brief zu schreiben, obwohl er sich ein paar Mal hingesetzt und einen begonnen hatte.

Es scheiterte schon bei der Anrede. Alles klang falsch. ›*Lieber Vater*‹? Lächerlich.

»Er hat mal davon geredet, dich anzurufen …«

Niels sieht sie an.

»Verdammter Stolz«, sagt Niels und ist wirklich wütend in dem Moment. Was würde er jetzt darum geben, dieses Telefonat geführt zu haben. Sein Vater hat *ihm* doch die Schuld an allem gegeben. Nicht andersherum. Dann hätte er sich doch auch entschuldigen können.

Vielleicht hätte Niels ihm auch einfach verzeihen sollen.

»Verdammte Sturheit!« fügt er noch hinzu.

»Ich glaube eher, dass er Angst hatte, dass du auflegst«, sagt Anna leise.

Niels schluckt. Vermutlich wäre es genau so passiert, wenn sein Vater ihn im falschen Moment erwischt hätte. Und die waren nicht selten.

»Außerdem hab ich noch was«, sagt sie, steht auf und kommt gleich mit einem Packen Briefumschläge zurück.

Niels sieht sie fragend an, sie reicht ihm einen separaten Umschlag, die anderen, etwa zehn Stück, werden durch einen Gummi zusammengehalten.

Testament steht auf dem einzelnen. Auf dem obersten des Packens, unter dem Gummi, sieht er seinen Namen und den seiner Schwester, dazu die Adresse seines Elternhauses, kein Absender. Die Handschrift sieht aus wie die einer Frau.

Niels' ganzer Körper beginnt zu kribbeln. Sein Herz schlägt schneller.

»Ist das…?«, mit zittrigen Händen zieht er den Umschlag unter dem Gummi hervor, öffnet ihn, holt den Brief aus dem Umschlag und faltet ihn auf.

»Lieber Niels, liebe Heike …«, beginnt er, Niels dreht ihn um und starrt auf die Unterschrift. *»Eure Mama.«*

Für einen Moment wird ihm schwarz vor Augen, und die Zeilen auf dem Papier verschwimmen. Er fährt sich über die Lider. Er stöhnt auf und fährt sich mit der Hand über die Augen. Anna sieht ihn besorgt an. »Alles okay?«

Er atmet tief ein und nickt. »Geht schon.«

»Es tut mir leid«, sagt sie. »Dein Vater hat mir den Stapel noch gegeben. Er hat nicht viel gesagt dazu, aber es war ihm offenbar wichtig, dass du ihn noch bekommst. Und unangenehm, dass das erst jetzt passiert.«

Niels schaut auf das Datum. Der Brief ist von 1980. Das Jahr, in dem seine Mutter verschwunden ist. Sie hatte ihnen also einen Brief geschrieben und war nicht wortlos verschwunden, wie er all die Jahre geglaubt hatte. *Es gab einen verdammten Brief.* Und sein Vater hatte ihn versteckt. Weil er nicht wollte, dass sie verstehen. Dass es offenbar eine Erklärung für all das gab. Er wollte ihre Mutter vollkommen aus ihrem Leben streichen. Was für ein Arschloch.

Er legt den Brief weg, er schafft es nicht, ihn zu lesen, trinkt einen Schluck Kaffee und versucht, sich zu beruhigen.

»Es tut mir wirklich leid. Das war echt scheiße von deinem Vater.«

»Hast du den Brief gelesen?«

»Nein«, sagt sie bestimmt. »Natürlich nicht.«

Er schüttelt eine ganze Weile den Kopf.

Interessant, wie die Realität sich ändern kann, einfach dadurch, dass man etwas erfährt. Sein ganzes Leben lebt man mit den Informationen, die man hat, konstruiert daraus seine Wirklichkeit, und plötzlich ist alles ganz anders.

»Wie geht's jetzt weiter?«, fragt Anna.

Er trinkt seinen Kaffee aus.

»Jetzt erst mal die Beerdigung. Morgen früh fahr ich wieder zurück. Dann muss ich mir was überlegen mit dem Haus.« Er zögert. »*Den Häusern*«, sagt er, denn es gibt ja noch das seiner Großeltern. Er zuckt die Schultern, denn wie immer, wenn er darüber nachdenkt, merkt er, dass ihn eigentlich nichts nach Berlin zurückzieht. Außer Liv. »Ich muss irgendwie einiges neu sortieren.«

Sie nickt und sieht ihn an.

Er hat keine Lust, noch weiter über sich zu reden.

»Kommst du heute Abend nach der Beerdigung zum Essen zu Volker und Dani?«, fragt er.

»Gern«, sagt Anna.

Er steht auf. »Danke für den Kaffee. Bis später.«

KAPITEL

18

FRÜHER

Niels holte Sibel mit dem Kadett ab, aber nicht direkt zu Hause, sondern an der Bushaltestelle in der Hauptstraße.

Sein Herz schlug ihm bis zum Hals, als er sie dort sitzen sah. Sie trug eine Jeans und darüber eine Art enges Kleid oder langes Shirt bis über die Oberschenkel und eine schwarze Jacke mit silbernen Knöpfen, die beinahe wie eine Uniformjacke aussah. Anders als in der Schule hatte sie ihre schwarzen Haare offen, und soweit er sehen konnte, war sie nicht oder nur sehr dezent geschminkt. Sie sah unglaublich aus. Er stieg aus und öffnete ihr die Beifahrertür.

»Gentleman«, sagte Sibel beeindruckt.

»Nun ja…«, murmelte Niels. Er wusste nicht, ob es spöttisch oder ernst gemeint war, er kam sich ein wenig albern vor, fand aber die Etikette, die man in alten Filmen sah, immer irgendwie gut, daher hatte er sich vorgenommen, einiges davon für sich zu übernehmen, auch wenn es nicht mehr dem Zeitgeist entsprach.

Sie fuhren ins *Loco,* ein bei Oberstufenschülern des Gymnasiums beliebtes Lokal. Es war naheliegend, dort hinzugehen, auch wenn man Gefahr lief, etliche bekannte Gesichter dort zu treffen, die einen dann nicht in Ruhe ließen. Die Autofahrt verlief ein wenig zu schweigsam für Niels' Geschmack, und er begann zu befürchten, dass der Abend vielleicht weniger erfolgreich verlaufen könnte als erhofft.

Sie bestellten Tapas, Cola und Wasser.

»Und? Fit für morgen?«, fragte Sibel.

»Ja, ich glaube schon, müsste eigentlich klappen, die sind nicht so gut.«

»Muss man trotzdem aufpassen«, sagte sie.

»Muss man«, sagte Niels, »darf man nicht unterschätzen.«

»Auf keinen Fall. Das wäre ein Fehler.«

Sie mussten lachen über diesen beknackten Dialog, und das Eis war gebrochen.

»Wieso hab ich dich nicht zu Hause abgeholt?«, fragte Niels.

Sibel war ein wenig verlegen.

»Mein Vater ist ein wenig streng, was das angeht.«

»Was hast du ihm erzählt?«

»Dass ich mit Mädchen aus meiner Klasse verabredet bin. Ich musste denen das aber sagen, nicht, dass die zufällig bei mir anrufen oder so.«

»Wow!« Und das, um sich mit ihm zu treffen, dachte Niels.

»Die haben ja sowieso alles live mitbekommen am Montag, wie du da angekommen bist und gefragt hast.«

Die Erinnerung daran war ihm unangenehm.

»War es arg schlimm?«, fragte er.

Sie lachte ihn an.

»Nein, alles in Ordnung. War süß irgendwie. Man hat dir abgenommen, dass du das nicht jeden Tag machst.«

Er merkte, wie er rot wurde, und hoffte, dass man es im Kneipenlicht nicht sah.

»Also, mach ich auch nicht.« Hoffentlich hatte er sich nicht wie der letzte Honk angestellt. Aber nun waren sie hier, nur das zählte.

»Ich freue mich, dass du Ja gesagt hast«, sagte Niels.

Sibel sah ihn auf eine Art an, dass der Boden zu schwanken begann.

»Ich auch.« Sie nahm einen Schluck aus ihrem Glas. »Aber noch mal kurz zum Fußball«, sagte sie. »Metin meint, du wärst viel besser, wenn …«

»Wenn ich nicht so viel grübeln würde, ich weiß«, beendete er diesen oft gehörten Satz.

Sie sah ihn interessiert an. »Und, stimmt das?«

Er nickte. »Ich fürchte, ja.«

»Und über was denkst du nach?«

Über dich, wollte er sagen, aber stattdessen sagte er: »Weiß nicht, über alles. Das Leben und so.«

»Soso, das Leben und so.« Sie lächelte ein wenig spöttisch.

»Und? Zu welchen Erkenntnissen bist du in letzter Zeit gekommen?«

Dass ich dich liebe, lag ihm auf der Zunge. Was herauskam, war:

»Na ja, dass ich erfolgreicher wäre, wenn ich nicht so viel nachdenken würde.«

Sie lachte. Ihre Augen strahlten.

»Du liest viel, oder?«

»Äh, na ja.«

»Was liest du gerade?«, fragte Sibel.

»Ich habe gerade *On the road* fertig. Ich weiß nicht, ob …«

»Jack Kerouac.«

Er schaute sie verblüfft an.

»Hast du *Dorian Gray* schon gelesen?«, fragte sie.

»Nein, ich … äh, hab davon gehört …«

Niels war völlig von den Socken. Sie war nicht nur hübsch, sie kannte sich auch mit Literatur aus. Das war kaum auszuhalten.

»Ich leihe es dir. Bin gespannt, was du davon hältst.«

Rouwen kam an den Tisch und setzte sich breit grinsend auf einen Stuhl, den er vom Nebentisch heranzog.

»Ah, der Mann der Stunde hat ein Date. Sehr schön. Das freut mich, zu sehen.«

Dann sah er Sibel gut gelaunt an. »Bitte sorg dafür, dass er rechtzeitig ins Bett kommt. Wir haben morgen ein wichtiges Spiel.«

»Alles klar«, sagte Sibel und lächelte.

»Und kein Sex vor dem Spiel, verstanden?« Er sah sie beide streng an. Wieder errötete Niels, und er sah erleichtert, dass es Sibel ebenso ging.

»Anna auch da?«, wechselte Niels das Thema.

»Da drüben.« Rouwen zeigte Richtung Bar. Da saß Anna und strahlte ihn an.

Anna wurde immer hübscher, dachte er und winkte ihr zu.

»Mach keinen Scheiß mit ihr«, sagte Niels.

Rouwen sah ihn überrascht an. »Werd ich nicht.«

»*Oh-Oh-Oh-Oh*«, sang plötzlich jemand hinter ihnen, »*everybody is Kung-Fu fighting.*«

Niels musste sich nicht umdrehen, um zu wissen, dass es Ralf war, der mit seinem Gips und zwei Krücken hinter ihnen stand.

»Gibt es eigentlich keine anderen Lokale in der Gegend?«, fragte Niels.

Ralf sah ihn erstaunt an.

»Ja, glaubst du denn, wir gehen heute Abend woanders hin? Wir sind alle hier, um zu sehen, wie das mit euch läuft. Du bist ja nicht so geübt, wir müssen ja aufpassen, dass du keinen Quatsch machst und das Ganze gleich vergeigst.«

»Na, jetzt hör aber auf«, sagte Niels und versuchte abzuwiegeln. Er wollte nicht so wirken, als hätte er ernsthafte Absichten mit Sibel, sondern cool und wie jemand, der alles im Griff hatte. Ein Seitenblick verriet ihm jedoch, dass sie sich sehr amüsierte.

Sibels Blick, ihre Freundlichkeit, Klugheit und Schönheit verwirrten Niels über die Maßen. Er hatte ständig das Gefühl, sie könne in ihn hineinsehen, wisse, was er dachte und fühlte, und sei ihm einfach in allen Belangen überlegen. Neben der Unsicherheit, die das bei ihm auslöste, faszinierte ihn diese gefühlte Unterlegenheit aber auch. Er musste sich ins Zeug legen, um sie zu gewinnen. Das war kein Selbstläufer. Aber er fand, er schlug sich ganz gut an diesem Abend.

Es gab kaum einen peinlichen Moment, in dem einer der beiden nicht gewusst hätte, was er als Nächstes fragen sollte. Keine Missverständnisse, keinen Moment, in dem Niels dachte, Sibel sei vielleicht gar nicht so toll, wie er sich das ausgemalt hatte. In Wirklichkeit war sie nämlich noch viel toller.

Sie unterhielten sich über Filme und stellten fest, dass sie beide den Vampirfilm *The Lost Boys* liebten. Sie kamen überein, dass Unsterblichkeit im Grunde Quatsch war. *Forever young?* Lieber nicht.

Es war ein perfekter Abend. Beinahe zu perfekt. War das wirklich möglich, dass man sich aus heiterem Himmel Hals über Kopf in jemanden verliebte und der das nicht vollkommen absurd fand?

KAPITEL

19

HEUTE

Niels läuft weiter durch das Dorf seiner Kindheit. Mit jedem Schritt durchtritt er die Zeit und erinnert sich: Kindergarten, Grundschule, die Kirche, wo er konfirmiert wurde, die Post, wohin er Schallplatten postlagernd bestellt hat, damit sein Vater es nicht mitbekam, Kinofilme, alles durcheinander in einem chaotischen und doch völlig klaren Bewusstseinsstrom, Abende an der Bushaltestelle, dem Spielplatz, Szenen beim Weinfest, der kleine Tante-Emma-Laden, in den er nie gegangen ist, weil die Besitzerin immer so schlecht gelaunt war. Irgendwann steht er vor dem Haus seiner Großeltern.

Laut Anna hatte sein Vater sich bis zuletzt darum gekümmert und sich geweigert, das Grundstück, aus dem man heute sicher zwei oder mehr Bauplätze machen konnte, zu verkaufen. Niels hat den Eindruck, dass Grundstücke heute weniger als halb so groß sind als in seiner Kindheit. Bevor er durch das Holztor geht, zieht er den

Umschlag mit dem Testament aus der Tasche. Er möchte wissen, ob dieses Haus ihn noch etwas angeht oder nur ein Haufen Erinnerungen beherbergt.

Mein letzter Wille
Mein gesamter Besitz geht an meinen Sohn Niels.
Datum, Name, Adresse, Unterschrift.

Fertig. So einfach. Niels glaubt kurz, dass ihn diese Information völlig kalt lässt, aber dann geben seine Knie nach, und er muss sich an dem Holzzaun vor ihm festhalten. Tief drinnen hatte er damit gerechnet, dass sein Vater ihm noch eins auswischen könnte, warum auch immer.

Er schließt das Holztor auf, das den Zugang zum Hof versperrt, und läuft über den Hof zum Haus. Rechter Hand die Scheune, sie scheint leer. Früher stand hier noch ein alter Ochsenkarren, das Gartenwerkzeug, der Bollerwagen.

Er betritt das Haus. Wie klein die Zimmer sind und wie niedrig die Decken. Hier in der Küche neben der Spüle standen immer die Milchschalen für die Katzen. Niels schaut noch ins Wohnzimmer, wo es genauso aussieht, wie er es in Erinnerung hat.

Er geht aus dem Haus und betritt die angrenzende Schreinerwerkstatt. Alle Werkzeuge und Maschinen sind noch da. Die Kreissäge, die Hobelmaschine. Hier hat der Opa ihm alles gezeigt. Und hier hat er mit Niels seine erste Gitarre gebaut. Wie sein Vater war auch sein Opa ein wortkarger Mann, aber er war herzlicher und vor allem viel geduldiger als sein Vater.

Er erinnert sich an einen Dialog, da war Niels sechzehn oder siebzehn. Er hatte einen Ferienjob in der Fabrik, in der sein Vater Vorarbeiter war, und berichtete seinem Opa davon, wie viel die Männer seiner Meinung nach herumstanden und nichts arbeiteten oder scheinbar geschäftig taten, sich in Wirklichkeit aber einen Kaffee nach dem anderen holten, manche auch das nur zum Schein, in die Becher füllten sie Alkohol, und dann bliesen sie immer in die Becher hinein, um so zu tun, als wäre der Inhalt heiß. Er schlussfolgerte, dass diese Fabrik viel produktiver sein könnte, wenn die Arbeitseinstellung der Arbeiter eine andere wäre.

Sein Großvater sah ihn eine Weile ernst an, dann sagte er: »Und was soll das bringen?«

Und darauf hatte Niels dann keine Antwort gehabt. Was immer er sich überlegte, er hörte schon wie ein vorweggenommenes Echo die Antwort des Großvaters: *Was soll das bringen?* Er hat diesen Satz nie vergessen. Die Unsinnigkeit eines nur auf Wachstum basierenden Kapitalismus *in a nutshell.* Was soll das bringen? Die Lektion seines Großvaters. Danach konnte Niels kein Neoliberaler mehr werden, und es war klar, dass andere Werte her mussten. Wie in dem John-Lennon-Zitat, wo sie ihn fragen: *What do you want to be when you grow up?* Und er sagt: *Happy.* So einfach. So kompliziert. Hat leider nicht so ganz geklappt mit dem Glücklichsein. Zumindest nicht bei Niels.

Niels' Blick fällt auf einen Gegenstand auf dem Fensterbrett, an den er sich gut erinnert. Das Holzherz, das der Opa für ihn gemacht hat. Niels erinnert sich, dass er es irgendwann holen wollte, aber dazu kam es nicht mehr. Natürlich hat er Opa und Oma nie mehr gesehen. Er hatte sie eingeladen nach Berlin, aber sie reisten nicht, und er wollte einfach nicht mehr hierher zurückkommen. Sie schrieben sich, die Oma und er, manchmal auch der Opa ein paar Zeilen, aber es waren meist Floskeln ohne tiefere Bedeutung.

Niels denkt darüber nach, wie er eigentlich erwogen hatte, nach dem Abitur eine Schreinerlehre zu machen, und wie dann alles ganz anders gekommen war, wie er aber lange Zeit froh war über diese Entwicklung. Denn in Berlin spürte er, dass es dort ein Leben gab, das so ganz anders war als das, welches hier auf ihn gewartet hätte. Ein Leben ohne Vergangenheit. Nicht erstarrt in den Erwachsenenroutinen des Alltags, sondern eines mit Momenten, in denen eins plus eins nicht immer zwei ergab: Seit er wie von Sinnen in Sibel verliebt gewesen war, seinen ersten Song auf der Gitarre spielen konnte, zum ersten Mal live vor Publikum auftrat, den letzten Satz seines ersten Buches geschrieben und dann die Zusage für dessen Veröffentlichung bekommen hatte, wollte er diese Momente immer wieder erleben. Er wollte zu denen gehören, die diese Momente für andere ermöglichen, die Künstler, Poeten, Musiker und Mystiker, Artisten und Schausteller, die es vermögen, die Zeit anzuhalten und etwas Magisches zu schaffen.

Aber dann war auch das Künstlerleben immer mehr ein Job geworden, mit Fristen, Terminen und Verpflichtungen. In dem es immer weniger um die magischen Momente ging, sondern um *Monetarisierung*. Und immer öfter lag er nachts wach, nicht selten in Hotelzimmern fremder Städte, und stellte sich Fragen, auf die er keine Antwort wusste.

Ist man wirklich auf Dauer bereit, den Preis zu zahlen für dieses Leben unterwegs, für Lese- oder Konzertreisen? Nimmt man in Kauf, dass Beziehungen nicht halten, dass man sein Kind so selten sieht und sich so oft vorstellen muss, wie es gerade ins Bett geht, noch eine Geschichte liest und dann einschläft, statt selbst dabei zu sein? Und dann erkennt man: Man hat ja nichts anderes gelernt. Und es gibt keine Alternative. Und dann macht man weiter. Verkauft seine schleichende Erfolglosigkeit als Idealismus. Redet sich ein, dass man sich nicht *verkauft. Authentisch* bleibt.

Aber in letzter Zeit erkennt er, dass er, je älter er wird, immer weniger zu sagen hat. Momentan wäre er nicht einmal zu einem Hasskommentar auf Facebook fähig. Ihm fehlen die Worte angesichts des Irrsinns um ihn herum. Trump, Brexit, Corona, Verschwörungstheorien. Menschen, die sich strafbar machen, weil sie andere vor dem Ertrinken retten.

Er verspürt kein Bedürfnis mehr, sich zu äußern, vielleicht, weil es sonst jeder tut, er weiß nicht warum.

Er nimmt sich ein Stück Holz, spannt es in den Schraubstock, nimmt eine Feile in die Hand. So steht er eine ganze Weile regungslos da.

Der Opa fällt ihm ein, wie er über Holz sprach.

»Es gibt viele Arten Holz«, sagte er. »Nicht jedes Holz eignet sich für jedes Ding. Man muss wissen, was für was gut ist. Und man muss wissen, welches Holz gar nichts taugt. Verstehst du? Darum geht es. Das Kroppzeug vom guten Holz zu unterscheiden.«

Dann holt Niels den Packen Umschläge, die Anna ihm gegeben hat, aus seiner Tasche.

Brisbane, Australien, August 1980

Lieber Niels, liebe Heike,

meine lieben Kinder. Es gibt wahrscheinlich keine Worte, um zu erklären, was ich getan habe.

Es tut mir unendlich leid, Euch das anzutun. Ihr werdet mich für egoistisch halten, Ihr werdet mich hassen dafür, und das ist Euer gutes Recht. Vielleicht bin ich ein schlechter Mensch, vielleicht gebietet es das Gesetz der Natur, dass eine Mutter so etwas nicht macht, aber ich habe das Gefühl, ich habe keine Wahl.

Ich habe es nicht mehr ausgehalten. Die Ehe mit Eurem Vater war ein Irrtum. Er ist kein schlechter Mann, aber wir passen einfach nicht zueinander. Ich habe es versucht, acht Jahre lang, seitdem ich mit Dir, Niels, schwanger war. Ich musste fort aus Feldhausen, sonst wäre ich eingegangen wie eine Blume, die man zu lange nicht gegossen hat. Ich habe versucht, mit Eurem Vater darüber zu reden, aber es war zwecklos. Ich habe alles durchgespielt, es war aussichtslos. Ich hätte Euch so oder so verloren, also gehe ich gleich.

Ich schicke Euch meine Adresse mit, in der Hoffnung, dass der Brief Euch erreicht. Ich werde Euch immer auf dem Laufenden halten, wo ich gerade bin oder lebe, sodass Ihr, wenn Ihr alt genug seid und es wollt, Kontakt mit mir aufnehmen könnt.

In Liebe, Eure Mama.

Nur der oberste der Umschläge enthält einen längeren Brief. In den anderen befinden sich nur noch Notizen mit unterschiedlichen Adressen in Australien, immer mit kurzen Begrüßungen und Verabschiedungen, manchmal noch durch ein *Ich hoffe, es geht Euch gut* oder *In Liebe* ergänzt.

Er sieht die Briefe durch, es sind insgesamt sechs Stück, der letzte Umschlag stammt aus dem Jahr 2010 und enthält die wohl aus einer australischen Zeitung ausgeschnittene Todesanzeige seiner Mutter, kommentarlos verschickt von einem anonymen Absender.

KAPITEL

20

FRÜHER

Niels hatte den Samstagnachmittag bei Ralf verbracht, und als er gegen Abend nach Hause kam, stand die Haustür offen.

Irritiert ging er hinein, bemüht, kein Geräusch zu machen. Er widerstand dem Impuls »Hallo« zu rufen, weil er möglichen Einbrechern nicht gleich mitteilen wollte, dass er da war. Vom oberen Stockwerk waren Geräusche zu hören. Leise schlich er die Treppe nach oben. Wäre dies ein Horrorfilm, würde man sich als Zuschauer fragen, wieso er nicht einfach abhaute. Er hätte es nicht beantworten können. Sein Herz begann zu hämmern. Irgendwie fand er die Vorstellung, einen Einbrecher auf frischer Tat zu ertappen, aufregend. Die Tür zu seinem Zimmer war weit geöffnet. Er sah, dass Schubladen offen standen, sein Mülleimer lag umgeschmissen am Boden. Irgendjemand war da drinnen und suchte offenbar etwas.

Langsam öffnete er die Tür ein wenig weiter und sah,

wie Heike seinen Schreibtisch durchsuchte. Sie öffnete jede Schublade, auf der Ablage lagen Zigarettenblättchen und eine Haschisch-Pfeife, die Niels letztes Jahr in Amsterdam gekauft hatte.

Niels wusste, was Heike machte. Sie suchte etwas zum Kiffen.

Gleich würde sie ausgehen und Typen treffen, die auf jeden Fall etwas hatten, aber sie hielt es schon jetzt nicht mehr aus. In ihm kämpften kurz Erleichterung, dass es kein Einbrecher war, die Sorge um seine Schwester und der Zorn über sie gegeneinander. Der Zorn gewann.

Er rannte in sein Zimmer und riss sie vom Schreibtisch weg.

»Du spinnst wohl, du blöde Kuh, du hast sie doch nicht mehr alle!«

Heike sah ihn kurz erschrocken an, für einen Moment glaubte er zu sehen, wie unangenehm ihr die Situation war, doch dann gewann ihre Aggression wieder die Oberhand.

»Was schleichst du dich so in dein Zimmer, du Arsch? Spionierst du mir nach, oder was?«

Er wusste nicht einmal, was er darauf antworten sollte, es war aussichtslos.

»Vielleicht lässt du nächstes Mal nicht die Haustür offen, dann hörst du mich auch, wenn ich reinkomme.«

Sie äffte seine letzten Worte mit Mickymausstimme nach und stürmte nach draußen.

»Hau einfach ab«, rief er ihr nach, obwohl sie sowieso im Begriff war, genau das zu tun.

Sie drehte sich auf dem Flur um und blickte ihn durch den Türspalt hindurch an. Ihre Augen waren voller Tränen.

Kurz dachte er, hoffte er, die alte Heike würde sich ihren Weg herausbahnen, würde diese Kreatur, die von ihr Besitz ergriffen hatte, besiegen, zumindest für einen Moment, und sie könnten reden. Er hatte den Impuls, zu ihr zu gehen und sie in den Arm zu nehmen, so wie sie es als Kinder getan hatten, wenn sie traurig oder wütend war.

»Fuck!«, rief sie stattdessen, stürmte die Treppe hinunter und verließ unter großem Gepolter das Haus.

Niels blieb stehen. Er ahnte, dass dies ein Moment gewesen war, der so schnell nicht wiederkommen würde. Hatte er zu lange gezögert, um nett zu ihr zu sein? Müsste er nicht trotz ihres Verhaltens verständnisvoller und liebevoller sein, war das nicht seine Aufgabe als großer Bruder, musste er sie da nicht schützen, egal vor wem oder was, auch vor sich selbst?

KAPITEL

21

HEUTE

Es sind etwa vierzig Leute zur Beerdigung gekommen. Einige Arbeitskollegen, vermutet Niels, die meisten aber ehemalige Jugendspieler des SV Weiß-Rot, die sein Vater trainiert hat. Für die heutige Generation von Spielern und Verantwortlichen ist Manfred Cerny wahrscheinlich nicht mehr als ein Geist von früher, dessen Foto irgendwo im Vereinsheim hängt. Die Spielgemeinschaft Feldhausen-Rossbach wird vertreten durch den aktuellen Vorstand, ein Typ, deutlich jünger als Niels, der ein paar Beileidsworte murmelt. Die Beerdigung findet unter Corona-Bedingungen statt, mit Abstand und ohne Händeschütteln.

Niels' Migräne ist über Mittag deutlich stärker geworden. Ihm ist heiß, und er hat das Gefühl, nicht genug Luft zu bekommen.

Zunächst spricht der Bestatter. Niels ist irritiert, dass der Mann, der am Telefon breitesten Dialekt gesprochen hat, nun in einem gestelzten und unnatürlich klingenden Hochdeutsch über seinen Vater redet. Andererseits macht er das Beste aus den dürren Informationen, die er von Niels bekommen hat.

Niels hatte große Probleme gehabt, seinen Vater zu beschreiben.

»Er wollte nur das Beste für seine Kinder«, war ein Satz, der gut klang, wenn man ihn hörte, der aber eine ganze Menge bedeuten konnte. Daher beschränkte Niels sich weitgehend auf das Thema Fußball, um seinen Vater zu charakterisieren. Ihm waren zwei Episoden eingefallen, die ihm passend erschienen.

Eine, in der sein Vater in einem Italienurlaub, Niels war noch sehr klein gewesen, er meinte sogar, dass seine Mutter noch da gewesen war, auf dem Campingplatz ein Match zwischen Deutschen und Holländern organisiert hatte. Und eine, wie sein Vater ihn als Kind das Spiel der Deutschen gegen Frankreich bei der WM 82 bis zum Ende des Elfmeterschießens hatte schauen lassen, obwohl am anderen Tag Schule war, und wie er seinen Sohn nach Hrubeschs entscheidendem Strafstoß hochgehoben hatte und mit ihm durchs Zimmer getanzt war.

Niels steht bei seinen Freunden, Volker, Dani und Ralf hinter ihm, Anna ganz dicht neben ihm. Sie hat sich bei ihm untergehakt und blickt ihn immer wieder besorgt an.

Heinz Morgenthaler, der zwei Jahre vor Niels unter Manfred Cerny in der A-Jugend gespielt hatte, hat sich bereit erklärt, eine kurze Rede zu halten. Er beschreibt ihn als hart, aber fair mit hohem Sachverstand, ein Mann von wenigen, aber immer direkten und ehrlichen Worten.

Während Niels all das hört, bricht etwas in ihm. Ein Schluchzen dringt aus seiner Kehle, viel lauter als beabsichtigt, sodass er sich abwenden und ein paar Schritte von der Gesellschaft entfernen muss.

Sein Vater hatte den Brief seiner Mutter und all die Adressen, die sie geschickt hatte, aufgehoben und nicht weggeworfen. Das war das eine. Aber er hatte es nicht über sich gebracht, sie seinen Kindern rechtzeitig zu geben. Es war ihm auch nicht gelungen, sich mit seinem Sohn auszusprechen, vielleicht einzugestehen, dass er ihn sehr hart und auch ungerecht behandelt hatte. Auch wenn er es immerhin versucht hat. Er erinnert sich an den ernsthaften Handschlag nach der Abiturfeier. Wie sie zusammen das erste Vorrundenspiel der Deutschen bei der WM 90 angesehen hatten und sein Vater Niels jedes Mal, wenn er ein Bier holen ging, wortlos auch ein bereits geöffnetes mitgebracht hatte. Niels erinnert sich sogar noch an die Paarung, das Ergebnis, die Torschützen und den Wochentag, so sehr hatte sich dieser Moment eingebrannt.

Jetzt möchte er so gern mit ihm reden und ihn dann, trotz oder gerade wegen seiner emotionalen Verkorkstheit und seiner Unfähigkeit zu körperlicher Nähe, in den Arm nehmen.

Eines ist ihm in diesem Moment klar wie nie zuvor. Man darf nicht warten. Nichts, was wichtig ist, darf warten, nicht, wenn es nur einen selbst betrifft, und schon gar nicht, wenn es um andere geht. Dieses Warten auf einen günstigen Moment ist ein Irrtum. Den gibt es nicht, und wenn, dann verpasst man ihn vielleicht, weil immer irgendetwas dazwischenkommt. Wenn man zu lange wartet, dann ist man auf einmal tot, und dann ist der, den man eigentlich retten sollte, für immer verloren.

Er denkt an seine Mutter, die all die Jahre nie etwas von ihren Kindern gehört hat, und geglaubt haben muss, sie wollten nichts mehr mit ihr zu tun haben, und die diesen Preis für ihre Entscheidung zahlen musste. Eine Welle der Traurigkeit überrollt ihn, so heftig, dass ihm übel wird. Die Reden sind zu Ende, und Anna gibt ihm ein Zeichen, dass die Trauergemeinde nun mit einer Schaufel Erde auf den Sarg schüttet und Niels als engster Verwandter den Anfang machen muss. Er geht zum Grab, Anna nickt ihm sanft zu und streicht ihm über den Rücken, als er sie passiert. Dann steht er mit weichen Knien und Tränen in den Augen vor dem offenen Grab und hebt die Schaufel auf, die dort auf der Erde bereitliegt. Ihm ist übel vor Schmerzen. Er blickt hinunter und erschrickt. Die Grube ist viel tiefer, als er gedacht hat, ein schwarzes Loch, auf dessen Grund er kaum schauen kann. Schemenhaft erkennt er den Sarg, der seltsamerweise immer noch geöffnet ist. Ist das wirklich sein Vater, der da unten liegt? So klein und zart, mit fast kindlichen Zügen. Er kneift die Augen zusammen, als die Erde auf den Kinderkörper fällt und er in sein eigenes Gesicht blickt, das zu ihm hochschaut. Ihm wird schwindelig, und für einen Moment glaubt er, einfach vornüber zu fallen, so schwach fühlt er sich. Vorsichtig schaut er noch einmal hinunter. Doch diesmal ist es bloß eine einfache Holzkiste mit ein wenig Erde darauf, die direkt vor seinen Füßen liegt.

In diesem Moment weiß Niels, dass er nicht nur die Aussöhnung mit seinem Vater immer wieder hinausgeschoben hat.

Da gibt es noch etwas anderes.

Etwas, das ihn seit dreißig Jahren wie einen Zombie durch die Welt laufen lässt und das ihm seit seiner Ankunft gestern mit immer größerer Heftigkeit von innen gegen die Schädeldecke pocht. Etwas Grausames, das von ganz tief unten nach oben drängt. Ans Licht.

Niels spürt Anna, die plötzlich wieder neben ihm am Grab steht, ihm mit einem Taschentuch übers Gesicht fährt, und er erkennt erst jetzt, dass ihm die Tränen über die Wangen laufen. Jemand legt ihm die Hand auf die Schulter. Er dreht sich um. Da stehen Volker und Ralf. Er nimmt Anna und seine beiden Freunde in die Arme und will sie nicht mehr loslassen.

KAPITEL

22

FRÜHER

»Was stinkt denn hier so nach Pisse?«

Rouwen rümpfte die Nase, und dann sahen alle zu Metin, der mit weit aufgerissenen Augen erkannte, was eben passiert war.

Marco, ein Spieler, der erst in dieser Saison zu ihnen gestoßen war und sich als Außenverteidiger gleich einen Stammplatz erkämpft hatte, grinste erst, dann konnte er sich nicht mehr halten und prustete laut los.

Metin sprang zurück unter die Dusche und spülte panisch seine Haare aus.

Marco hatte ihm ins Shampoo gepinkelt.

Niels und Volker reagierten am schnellsten. Sie sprangen auf Marco zu, Volker schlug ihm in den Bauch, und als er nach vorn kippte, hob Niels ihn hoch und drückte ihn gegen die Wand. Volker drehte die Dusche auf heiß.

»Du Arschloch!«, schrie Niels ihn an. »So eine Scheiße kannst du dort machen, wo du hergekommen bist, aber nicht bei uns.«

Dann schob er Marco unter den heißen Strahl, sodass er schrie.

»Hört auf!«, rief Rouwen und ging dazwischen, aber Volker blockte ihn ab.

Marco schlug um sich, sein Schreien war jetzt eher ein Kreischen.

»Schluss damit! Habt ihr sie noch alle?«

In der Tür zur Dusche stand der Trainer. Er ging durch die Dusche, schubste Niels zur Seite und drehte das Wasser aus.

»So wollt ihr Meister werden?«, schrie er. Er blickte zornig von einem zum anderen. Dann zu Metin, der immer noch völlig verstört unter der Dusche stand. Was auch immer er in seiner Biographie für Diskriminierungen erlebt hatte, hier in der Mannschaft war Metin bisher sicher gewesen. Es war den Alphatieren im Team, Rouwen, Ralf und auch allen anderen immer klar gewesen, dass dafür kein Platz war, und sei es nur aus dem Grund, weil man gute Fußballer einfach im Verein halten musste, egal, wo sie oder ihre Eltern ursprünglich herkamen. Daher hatte es sich bei den Türken im Ort herumgesprochen, dass man in Feldhausen, im Gegensatz zu Rossbach, gut aufgenommen und behandelt wurde. Marco hatte davon offenbar nichts mitbekommen. Niels' Zorn auf Marco und seine Verteidigung Metins hatten, davon abgesehen, dass er die Diskriminierung von Ausländern prinzipiell nicht verstand, nun auch noch einen persönlichen Grund: Metin war Sibels Bruder.

»Aber ...«, versuchte Niels seinem Vater zu erklären, was passiert war.

»Nichts, *aber* ...«, rief sein Vater dazwischen. »Ist mir scheißegal, wer was gemacht hat, wer angefangen hat oder was, das Ganze endet jetzt!« Damit stürmte er hinaus.

Niels blickte auf Metin, der mit den Tränen kämpfte. Mehr als alles andere war es eine ekelhafte Demütigung gewesen, vielleicht war er auch davon berührt, wie die anderen sich für ihn einsetzten. Dursun ging zu ihm und wollte ihn trösten, aber Metin schlug seine Hand weg und stürmte aus der Dusche in die Umkleide.

Marco, dessen Haut am ganzen Körper krebsrot war, schrie: »Ihr Wichser, euch zeig ich an, wegen Körperverletzung. Und für euren Scheißverein spiel ich nie mehr!«

»Natürlich nicht« sagte Volker ruhig. »Glaubst du, von uns will noch irgendeiner neben dir auf dem Platz stehen?«

Als sie angezogen waren, gingen einige der Spieler ins Clubheim und forderten den Trainer auf, Marco aus dem Team zu streichen.

Der Trainer hörte sich ihre Forderung an, dann sagte er:

»Wie weit seid ihr dafür bereit zu gehen?«

Rouwen, Volker und noch zwei andere machten deutlich, dass sie nicht mit Marco zusammen auflaufen würden.

Niels hielt sich zurück. Er hatte trotz Ralfs Ausfall weder in der Mannschaft noch bei seinem Vater das Standing, um den Mund allzu weit aufzumachen.

Der Trainer drehte sich um und trank seelenruhig sein Bier weiter. Er war ihnen keine Antwort schuldig.

Dennoch erfuhren sie schon bald darauf, dass Marco den Verein verlassen hatte. Nur um sich direkt in Rossbach anzumelden.

Die Ummeldung erfolgte mitten in der Saison und daher nicht fristgerecht, weshalb Marco eigentlich für den Rest der Spielzeit nicht spielberechtigt gewesen wäre. Aber Marco und die Rossbacher meldeten beim Verband einen Härtefall wegen körperlicher Misshandlung, und Feldhausen bekam nicht nur eine Strafe, sondern Marco sofort seine Spielberechtigung.

Es war Freitag Abend, das Wochenende lag vor ihnen und sie fuhren Richtung *Loco*. Niels hatte den Eindruck, dass Sibel immer schöner wurde, auch wenn das eigentlich gar nicht möglich war. Ihr Lachen, als sie in den Kadett eingestiegen war, hatte ihn beinahe dazu gebracht, sie sofort küssen zu wollen, er konnte sich gerade noch zurückhalten.

Der Sommer kündigte sich an, und die Rheinebene wurde in warmes, goldgelbes Licht getaucht. Das schriftliche Abitur lag hinter ihnen und die Schulzeit in den letzten Zügen.

Die A-Jugend des Weiß-Rot Feldhausen stand auf dem zweiten Platz, einen Punkt hinter dem Tabellenführer. In zwei Wochen kam es ausgerechnet am letzten Spieltag zum wohl entscheidenden Duell. Die Rossbacher hatten nach ihrer Niederlage im Derby nicht mehr viele Punkte geholt, es war, als läge seit dem Spiel und Diegos schlimmem Foul ein Fluch auf der Mannschaft. Dass sie einige Heimspiele in Feldhausen hatten absolvieren müssen, weil ihr Rasen massiv beschädigt worden war, hatte das Übrige getan. In Feldhausen konnten sie anscheinend nicht gewinnen.

»Ich hab gehört, was nach dem Training passiert ist«, sagte Sibel.

»Hat Metin das erzählt?«, fragte er überrascht.

»Nein, das würde der nie machen, das ist dem viel zu peinlich. Dursun hat es erzählt.«

»Dursun?«, fragte Niels und spürte Eifersucht an ihm nagen. Sie traf Dursun? Für einen Moment erkannte er die Aussichtslosigkeit der ganzen Sache mit Sibel. Natürlich kannten die sich alle untereinander, ihre Familien trafen sich, das war ein geschlossener Zirkel.

»Mein Cousin Dursun, ja«, sagte sie, »dein Teamkollege?«

Sie lächelte ihn leicht spöttisch an, als hätte sie seine Gedanken gelesen.

»Ah«, sagte er erleichtert und ein wenig beschämt und grinste verlegen. »Ja, weiß ich doch.«

»Toll, dass du Metin verteidigt hast.«

»Ist doch selbstverständlich«, sagte er und freute sich unbändig. Vielleicht hatte er insgeheim gehofft, dass sie davon erfahren würde.

Sie unterhielten sich über ihre Pläne nach der Schule.

Sibel wollte Jura studieren.

»Ich will auf jeden Fall hier weg zum Studieren, nicht nach Freiburg oder so, oder am besten noch zu Hause wohnen bleiben und pendeln. Ich will in eine Großstadt und weg von hier. Von meinen Eltern.«

Niels nickte, beeindruckt, dass sie so genau wusste, was sie wollte.

»Ich würde gern Leuten helfen. Vielleicht in einer Kanzlei arbeiten für türkische Menschen, die vielleicht nicht so gut Deutsch sprechen. Denen helfen bei Ämtern, bei der Einbürgerung und so.«

»Reich wird man damit aber nicht«, sagte Niels.

»Glaubst du, das ist mein Ziel?«, fragte sie.

Er sah sie an, und in dem Moment war ihm klar: Es gab nichts, was ihn an ihr störte. Sie war perfekt. Er wollte mit ihr zusammen sein.

»Bist du heute wieder heimlich hier?«, fragte er.

Sie nickte betrübt. Er wollte sie fragen, wann sie es ihrem Vater sagen wollte, aber dann fiel ihm ein, dass es ja noch gar kein *Es* gab. Was sollte sie ihrem Vater denn sagen? Niels hatte sie ja noch nicht einmal geküsst. Vielleicht später im Auto. Bei dem Gedanken daran kribbelte es ihn vom Rückenmark hinauf bis auf die Kopfhaut.

Als sie später in den Kadett einstiegen, öffnete er ihr mit dem Schlüssel die Beifahrertür. Irgendwo hatte er gehört oder gelesen, dass eine Frau, die sich herüberbeugte und von innen die Fahrertür öffnete, die Richtige war. Sie tat es, und sein Herz hüpfte.

Einige Zeit später saßen sie in der Nähe von Sibels Haus im Kadett. Niels wartete kurz, ob sie gleich aussteigen wollte, dann stellte er den Motor ab. Er wurde nervös, weil er nicht sicher war, ob dies nun der Moment war, wo er sie küssen sollte. Wartete sie darauf und wäre sie enttäuscht, wenn er es nicht tat? Aber er wollte nichts überstürzen, wollte ihr nicht das Gefühl geben, sie zu bedrängen.

»Das war schön, danke!«, sagte sie.

»Ja, fand ich auch.«

Er sah sie an. »Ich wollte dich was fragen.«

»Mhm?«

»Du hast doch sicher von der Party, die in drei Wochen am See steigen soll, gehört.«

»Ja.«

»Möchtest du da mit mir hingehen? Also, möchtest du«, er rang nach Worten, »den Abend mit mir verbringen?«

Für einen Moment war sie still. Niels schielte besorgt zu ihr herüber. Sie nahm ihre Tasche, dann beugte sie sich zu ihm herüber und gab ihm einen leichten Kuss auf die Wange, der sämtliche seiner Nervenenden auf einmal elektrisierte. Sie hatte die weichsten Lippen der Welt.

»Ja, auf jeden Fall«, hauchte sie, dann stieg sie aus.

Als er in seine Straße einbog, glaubte er für einen Moment, dort, vor seinem Haus, Ralfs Polo stehen zu sehen. Wollte Ralf ihn spontan besuchen? Er freute sich, noch ein paar Worte mit seinem Kumpel zu wechseln, ihm von diesem geschichtsträchtigen Abend mit Sibel zu erzählen.

Die Beifahrertür des Autos ging auf, jemand stieg aus. Heike.

Dann war es wohl doch nicht Ralfs Polo gewesen, dachte Niels und machte langsamer, denn er hatte keine Lust, seiner Schwester zu begegnen. Vielleicht war es auch gar kein Polo. Das Auto fuhr davon, ehe Niels das Nummernschild erkennen konnte.

KAPITEL

23

HEUTE

Nach der Beerdigung – wegen Corona gibt es keinen Leichenschmaus für die gesamte Trauergemeinde – sitzen sie zu fünft in Danis und Volkers Küche beim Essen. Es gibt eine Art Linsenbolognese, von Ralf zunächst argwöhnisch beäugt, der nun aber doch beherzt zulangt.

Niels hat nach der Beerdigung eine starke Tablette genommen, die seine Kopfschmerzen erträglich macht.

»Ah, Bude voll People und was Leckeres zu essen, herrlich«, sagt Ralf.

Er kennt niemanden, denkt Niels, der sich so deutlich und lautstark für etwas begeistern kann wie Ralf. Allerdings, das weiß Niels auch, ist das nur die eine Seite von Ralfs Wahrheit.

Über die Küchenstereoanlage läuft ein altes Lied von Madonna.

»Mach mal lauter«, ruft Ralf und beginnt mitzusingen.

»Da hätte man jetzt auch eine Menge Geld wetten können«, sagt Volker, »dass genau dieser Satz jetzt fällt.«

»Ja, natürlich«, erwidert Ralf. »Das ist doch klar, dass dieser Satz fällt«.

»Sag mal«, fragt Niels, »hast du eigentlich später noch irgendwas Neues gehört, so in den Neunzigern oder so?«

Ralf legt den Kopf schief und tut so, als müsste er überlegen. »Nö«, sagt er irgendwann. »Na ja, ich war in den 90ern auf Techno-Raves und so, das ist geil zum Tanzen und druff sein und so, aber zu Hause kommen mir nur die Achtziger in die Anlage. Oder auf die Playlist, wie man heute sagen muss.«

»Das heißt, du bist dein Leben lang in diesem oberflächlichen Irrsinn gefangen«, sagt Volker. »Viel Entwicklung hat da wohl nicht stattgefunden.«

»Was soll denn das heißen, *Entwicklung?*«, ruft Ralf auf eine empörte Art, die genauso gespielt wie völlig ernst gemeint sein könnte, der Unterschied ist bei ihm quasi nicht existent. »Wenn ich *Scoundrel Days* von a-ha höre, dann brauche ich nichts anderes mehr. Da ist alles drin. Da krieg ich auch nach dreißig Jahren noch eine Gänsehaut.«

»Das kenn ich nicht mal«, sagt Volker.

»Ja, klar. Weil in Wirklichkeit ihr die oberflächlichen Kleingeister seid. Nicht ich.«

»Aber du musst doch zugeben«, wirft Niels ein, »dass vieles von dem Zeug hochproduzierter Plastikpop ist, ohne jede Substanz.«

»Schlichte Musik und schlichte Texte für schlichte Menschen«, ruft Volker in einer für ihn eher ungewöhnlichen Deutlichkeit.

Niels sieht, wie Anna und Dani sich ansehen und die Augen verdrehen.

»Wie alt seid ihr eigentlich?«, fragt Dani grinsend. »Fünfzehn?«

»Was heißt denn hier *Substanz* oder *schlicht?*« macht Ralf weiter, Danis Bemerkung ignoriert er einfach. »Muss es denn in der Kunst immer um den Tod gehen? Hier, in diesem Film, den du letztes Mal erwähnt hast, Niels, der dir so gefällt, mit dieser Bluegrass-Band, wo diesem Paar das Kind wegstirbt, das ist dann Tiefgang, oder wie? Das ist dann gleich philosophisch, wenn ein Kind stirbt. Vielleicht will ich das aber nicht sehen, weil ich auch so weiß, dass das Leben hart und grausam ist. Ich will, dass ein Film oder ein Lied mich unterhält und ablenkt von all dem Irrsinn, ich muss das nicht immer noch bestätigt bekommen wie in deinen Heavy-Metal-Texten, Volker, nur damit ich dann sagen kann, oh, das war jetzt so deep.«

»Dann haben also all die Helene-Fischer-Hörer recht, die sich mit dieser Sagrotan-Kopie einer Gefühlssimulation zufriedengeben und sagen, oh ja, *Atemlos durch die Nacht,* das löst etwas in mir aus«, wendet Volker ein. Niels sieht, dass Volkers Augen merkwürdig streitlustig funkeln.

Niels freut sich, dass die Bestattung seines Vaters für seine Kumpels kein Grund ist, ihren Blödsinn zu unterlassen, obwohl es ihn auch ein wenig irritiert. Noch mehr allerdings irritiert ihn, dass es ihn so wenig stört.

»Ja, und wenn? Sie tun ja niemandem weh, oder?«, sagt Ralf. »Andere müssen sich halt viertausend Seiten lang durch jedes Detail ihres Lebens wühlen, wie dieser durchgeknallte Norweger, der jeden Furz dokumentiert. Nein danke, da lebe ich lieber selber, dazu ist mein Leben zu kurz. Und nebenher höre ich *Like a Prayer,* und das reicht mir dann. Call me oberflächlich, aber ich wette, ich bin am Ende des Tages glücklicher als ihr.«

Volker sieht ihn nachdenklich an. Niels, der bei Ralfs letztem Satz ein wenig zusammengezuckt ist, ahnt, dass Volker dasselbe denkt wie er.

»Ist das so?«, fragt er.

»Was?«, fragt Ralf.

»Das mit dem Glücklichsein?«

Ralf sieht ihn ausdruckslos an, dann trinkt er sein Bier leer.

»Natürlich hat es ein paar Vorteile«, sagt Niels, »wenn man nie unter die Oberfläche blickt. Wenn man einfach immer weitermacht und alles wegschiebt und ignoriert, was man da so ansammelt an Bullshit und falschen Entscheidungen aus Feigheit oder Bequemlichkeit oder so. Aber ob das auf Dauer eine Lösung ist, bleibt fraglich.«

Niels meint zu sehen, wie sich Ralfs Gesichtszüge verhärten, während in Volkers Augen wieder etwas aufblitzt. Anna und Dani tauschen wieder einen Blick, als wüssten sie mehr als die drei Freunde, ohne jedoch zu sagen, was.

»Was ist mit Natascha passiert?«, fragt Dani nach einer ganzen Weile beklemmenden Schweigens.

»Ist zurück nach Frankfurt«, sagt Ralf tonlos und lädt sich noch eine Portion Linsenbolognese auf den Teller.

»Hat es ihr gereicht bei uns?«, fragt Dani.

Ralf zuckt die Schultern.

»So richtig geäußert hat sie sich nicht.«

Die Freunde sehen sich verwundert an, Anna schaut fragend in die Runde. »Wer ist Natascha?«

»Ralfs …«, beginnt Volker, »wie soll man sie nennen? *Freundin* ja wohl nicht.« In Volkers Stimme schwingt wieder diese leichte Aggression mit, die Niels gestern schon aufgefallen war. Aber heute gibt es keinen Zweifel: Irgendetwas geht seinem alten Kumpel gehörig gegen den Strich, auch wenn Niels nicht erkennen kann, was.

»Nenn sie, wie du willst«, sagt Ralf und zuckt mit den Schultern und grinst. Seine Gesichtszüge haben sich wieder entspannt. »Ich hab halt Erwachsenen-ADHS und kann mich nicht lange auf etwas konzentrieren. Ist ein Problem. Nur schwer behandelbar. Aber anders als früher muss ich ja jetzt nicht mehr stundenlang auf einem Stuhl sitzen und jemandem zuhören, der etwas erzählt, was mich nicht interessiert. Einer der wenigen Vorteile am Erwachsensein. Jetzt bin ich es, der andere ohne Ende volllabern kann.«

»Wie läuft das ab bei Natascha und dir?«, fragt Volker. »Sie steht auf, sagt *Ich fahr dann* und du sagst *Okay,* oder wie?«

Ralf grinst. »So ungefähr. Wir reden nicht so viel.«

Die anderen sehen sich wieder vielsagend an, Niels muss ebenfalls grinsen, als er an die Unterhaltung mit Ralf letzte Nacht denkt.

»Interessante Frau jedenfalls«, sagt Dani.

Ralf hebt die Hände. »Ich weiß schon, was ihr denkt, die ist durchgeknallt und so, aber hey, sie ist jedenfalls nicht high-maintenance, und das ist es, was ich brauche.«

»War der Besuch in deiner alten Heimat so abschreckend?«, fragt Dani.

»Wohl eher das Wiedersehen mit meinen alten Kumpels«, sagt Ralf grinsend. »Abgründe sind das. Selbst für eine hartgesottene Russin.«

»*Hartgesotten* passt«, sagt Dani.

»Trinkfest auch«, sagt Volker und sieht zu Ralf, der sich wieder einen Schnaps einschenkt. »Was auf dich auch zutrifft.«

Niels zuckt zusammen. So direkt hätte er das so früh am Abend nicht angesprochen. Ralf zuckt die Schultern.

»Ist Medizin. Wegen meinem ADHS.«

Sie sehen ihn gespannt an.

Er starrt zurück.

»Was?«, fragt er, noch immer scheinbar gut gelaunt.

»Na, du lässt es ganz schön laufen, kann das sein?«, sagt Volker.

»*Kann das sein?*«, äfft Ralf ihn nach, und seine gute Laune verfliegt in dem Moment.

Niels denkt an die Sache auf dem Boot, und er ist sich sicher, dass es Volker und Ralf genauso geht.

»Jetzt schaut halt nicht so besorgt, das ist ja ekelhaft. Betroffenheit, oder wie? Oh nein, der Arme, jetzt nimmt er den gleichen Weg wie ... Damit ihr es wisst: Ich trinke, weil es die Stimmen in meinem Kopf ruhigstellt. Es gibt Medikamente dafür, die haben auf mich schlimmere Auswirkungen als jeder Alkohol. Glaubt mir, ich habe mich damit beschäftigt.«

»Ist ja gut«, sagt Volker, »wir wollten ja bloß nicht so tun, als hätten wir nichts bemerkt.«

KAPITEL

24

FRÜHER

Ralf, Volker und Niels fuhren die Rheinstraße entlang nach Norden im Lada von Volkers Vater.

Entgegen der sonstigen Musikregel drückte Beifahrer Ralf Volker eine Kassette in die Hand.

»Mach mal rein.«

Volker sah Ralf misstrauisch an, tat aber wie geheißen. Für Ralfs Verhältnisse harte und laute Drums und Gitarren drangen aus den Boxen. Auf Anhieb glaubte Niels, dass Volker das gefallen könnte, er wunderte sich eher, dass Ralf so etwas hörte. Bis der Sänger zu singen begann.

Volker, der eben noch aufmerksam gelauscht und sogar, wie Niels zu sehen geglaubt hatte, ein wenig mit dem Kopf gewippt hatte, machte ein angewidertes Gesicht.

»Mach das aus!«, sagte er.

»Wieso denn?«, erwiderte Ralf und ließ die Musik weiterlaufen.

»Mach das sofort weg, oder ich schmeiß die Kassette zum Fenster raus«, zischte Volker, »ich scherze nicht.«

»Das ist Bon Jovi«, rief Ralf, »was ist denn damit das Problem? Das ist doch Hardrock, so was hörst du doch.«

Volker schüttelte fassungslos den Kopf.

»Du nimmst nie mehr die Worte Bon Jovi und Hardrock in einem Satz in den Mund. Und schon gar nicht in meinem Auto. Ich muss dich sonst auf der Stelle hier rauswerfen.«

Ralf musste lachen, aber Volker schien das alles wirklich ernst zu meinen. Er war richtiggehend empört.

»Das erfüllt doch alle Kriterien«, argumentierte Ralf, »schau doch mal die Besetzung an, schon daran kann man erkennen, dass das nur eine Rockband sein kann.«

»Wieso denn?«, erwiderte Volker. »Drums, Keyboard, Gitarre, Bass, Gesang. Das haben Duran Duran auch. Das sagt doch nichts aus.«

»Ja, was soll es denn dann sein, wenn es kein Hardrock ist, Synthiepop etwa?«

»Das ist mir egal, Hardrock ist es jedenfalls nicht. Das sind Haarsprayposer. Androgyne Föhnlinge, die letzten Lutscher, ich will mit diesen Vollhoden nichts zu tun haben.«

»Du argumentierst unsachlich und emotional, Volki«, sagte Ralf.

»Das ist mir scheißegal«, ereiferte sich Volker weiter, »ich will das nicht einmal diskutieren. Was hab ich denn getan, dass ich so gestraft werde? Niels, sag doch du auch mal was!«

Niels, der grinsend auf der Rückbank saß und insgeheim eher Ralfs Argumentation folgen konnte als Volkers eher persönlicher Abneigung gegen die Band, wollte sich keinesfalls parteiisch zeigen. Er wusste, dass er dabei nur verlieren konnte und den Zorn eines seiner beiden Kumpels auf sich ziehen würde.

»Haltet mich da raus, ich kann dazu nichts sagen«, sagte er.

»Siehst du!«, rief Volker.

»Was seh ich?«

Ohne darauf einzugehen, nahm Volker die Kassette, aus der immer noch *Bad Medicine* dröhnte, aus dem Schubfach und warf sie zum offenen Fahrerfenster hinaus.

»Hey, spinnst du?«, rief Ralf und starrte der Kassette ungläubig hinterher.

»Sorry«, sagte Volker grinsend, »war ein Reflex.« Er zog seinerseits ein Tape aus der Mittelkonsole und Metallicas *Master of Puppets* machte eine weitere Unterhaltung unmöglich.

Niels wusste nicht, wie lange Ralf diesen Ausflug schon geplant hatte, sie waren am See gewesen, als er plötzlich vorgeschlagen hatte, seinen Vater zu besuchen, den er seit Monaten nicht mehr gesehen hatte. Egal, wie schlecht Eltern sich ihren Kindern gegenüber verhielten, die Kinder gaben nie auf, daran zu glauben, dass alles gut werden würde, dachte Niels. So wie es ihm mit seinem Vater ging und auch immer wieder sogar mit seiner Mutter, auf deren Rückkehr er nie aufgehört hatte zu hoffen.

Sie fuhren an einem Kieswerk vorbei in den Rheinwald, bogen dann in einen Feldweg ab und standen mit einem Mal vor dem Altrhein. Ein idyllischer Ort, an beiden Ufern von Bäumen gesäumt. Auf dem Wasser schwammen Enten und Schwäne. In einem Seitenarm befand sich ein kleiner Bootshafen.

Sie gingen am Clubheim des Bootsclubs vorbei auf das eingezäunte Gelände, wo die leeren Trailer standen und einige Segelboote, die man nicht zu Wasser gelassen hatte, passierten einen Kran und stiegen die Stufen hinab zu den Bootsstegen.

»Weißt du, welches Boot es ist?«, fragte Volker.

Ralf musterte grimmig die Boote im Wasser, dann lief er wortlos drauflos, bis sie vor einem etwa sechs Meter langen Segelschiff standen.

»Ich glaube, das hier.«

Das Boot sah sauber und gepflegt aus, Richtung Heck war ein bunter Sonnenschirm befestigt.

»Hallo?«, rief Ralf.

Man hörte Gepolter und einen Fluch, dann kam aus der Kajüte ein Mann zum Vorschein. Niels hatte Ralfs Vater seit Jahren nicht gesehen, und er hatte Schwierigkeiten, ihn in dem Mann vor ihnen zu erkennen. Er hatte einen Bart, die Haare standen wirr zu Berge, die Augen waren wässrig mit geplatzten Adern und lagen tief in den Höhlen. Er trug ein weißes, fleckiges Unterhemd und eine abgewetzte kurze Jeans.

»Mein Jüngster kommt mich besuchen, ich fasse es nicht«, rief er.

»Ich bin dein einziger Sohn«, sagte Ralf. »Dürfen wir an Bord?«

»Das weiß man nicht genau«, antwortete sein Vater, und es blieb unklar, worauf sich seine Antwort bezog.

Sie kletterten auf das Schiff.

»Willkommen auf der Queen Mary.«

Ralfs Vater war offenbar betrunken, er lallte ein wenig beim Sprechen. Niels hätte diesen Ort gern verlassen, das konnte nicht gut gehen, aber natürlich blieb er, Ralf zuliebe.

Ralf reichte seinem Vater einen Packen Post, die zu ihnen nach Hause kam, weil es immer noch der offizielle Wohnsitz seines Vaters war. Inoffiziell lebte er hier als Einsiedler, der sich langsam zu Tode trank. Ohne einen Blick darauf zu werfen, nahm er die Post und warf sie in die Kajüte.

»Was verschafft mir die Ehre? Wollt ihr was trinken?«

Ohne eine Antwort abzuwarten, warf er jedem von ihnen eine Dose Bier zu.

»Das sind Niels und Volker, vielleicht erinnerst du dich ja«, sagte Ralf.

Sein Vater sah ausdruckslos von einem zum anderen, dann sagte er:

»Niels Cerny, natürlich, du warst schon bei uns, als du noch ein Hosenscheißer warst. Dein Vater ist der Fußballer, richtig?«

Niels nickte unbehaglich.

Ralfs Vater spuckte ins Wasser, enthielt sich aber eines weiteren Kommentars. Niels konnte auch so erkennen, was er von seinem Vater hielt.

»Und du bist der kleine Meyer, richtig?«

Er sah Volker an, der seine Frage bejahte, dann nickte Ralfs Vater bedächtig.

Niels warf einen Blick in die Kajüte. Sie war gemütlich eingerichtet, mit einem Teppich auf dem Boden. Auf einer der Kojen stapelten sich Bücher. Niels erkannte viele Klassiker, Hemingway, Jack London, Mark Twain, auch

Sachbücher aller Art. Ralfs Vater war eigentlich Sozialpädagoge, hatte früher in der Kreisstadt im Jugendzentrum gearbeitet, so viel hatte Ralf, der nicht viel über ihn sprach, einmal erzählt. Er war ein schwieriger Typ, der immer wieder seine Jobs verloren hatte, warum, wusste Niels nicht, irgendwann hatte er noch in einem Baumarkt gearbeitet und dann in der Kneipe von Ralfs Mutter. Seit etwa einem Jahr arbeitete er gar nichts mehr, seit einem halben lebte er nicht mehr zu Hause.

»Und was wollt ihr?«, fragte er. »Euch mal den Freak anschauen, der auf dem Boot haust? Zerreißen sie sich auch schön das Maul in Feldhausen?«

Ralf sah seinen Vater mit einem Ausdruck an, den Niels nicht kannte, eine Mischung aus Wut, Mitleid, Verletzung und noch etwas anderem. Dieses andere war wohl Liebe.

»In Feldhausen, dieser Perle des Markgräflerlands?«, machte Ralfs Vater weiter.

»Niemand redet«, murmelte Ralf, obwohl das nicht stimmte. Natürlich wurde geredet.

Ralfs Vater lachte und öffnete ein Bier.

»Greift zu, oder trinkt ihr nichts, ihr Fußballer? Sicher bald wieder das nächste schwere Spiel, oder? Elf Freunde müsst ihr sein und all das.«

Alles, was er sagte, triefte vor Sarkasmus. Niels erinnerte sich, dass er einmal gelesen hatte, dass alle Zyniker enttäuschte Idealisten waren.

Sie griffen sich jeder ein Bier, Niels sah aber, dass eigentlich niemand Lust hatte zu trinken.

»Prost!«, rief Ralfs Vater.

»Wir sind stolz darauf, in dieser Mannschaft zu spielen«, sagte Volker aus heiterem Himmel.

»Hah!«, rief Ralfs Vater und wischte sich den Mund ab. »Stolz! Sehr gut. Ein Mann braucht etwas, worauf er stolz sein kann, was?«

»Ja.«

»Und, Ralf«, er kam ganz nah an das Gesicht seines Sohnes, »worauf bist du stolz? Auf deinen alten Herrn hier auf seinem Boot?«

Ralf begann zu beben, die Wut begann die Oberhand zu gewinnen, Niels dachte, dass jetzt alles möglich war.

»Ja, komm nur«, rief sein Vater, »komm, lass es raus, hau ihm eine rein, dem Säufer. Deine ganze Wut, deine Enttäuschung, komm schon, das ist die Chance.«

Für einen Moment war sich Niels sicher, dass Ralf wirklich zuschlagen würde, aber dann lehnte er sich zurück, trank einen Schluck Bier und begann ruhiger zu atmen.

»Ah«, sagte Ralfs Vater, »dacht ich's mir. Ist er immer so ein Feigling, euer Kumpel?«

»Jetzt hören Sie schon auf!«, sagte Volker.

Niels glaubte zu ahnen, was Ralfs Vater hier tat. Er wollte, dass sein Sohn ihn hasste. Um ihn nicht mehr lieben und vermissen zu müssen.

Ralfs Vater sackte in sich zusammen und trank.

»Ist gut, ist schon gut.«

Er schaute auf den Fluss und nickte.

»Ja, ich weiß, ich habe es versaut. Hab's nicht hingekriegt. Ich wollte, aber es ging nicht. Dieses Dorf, das alles, es hat nicht funktioniert.«

Die Sonne im Westen über dem französischen Ufer warf einen goldenen Strahl über das Wasser, eine Schwanfamilie schwamm vorbei. Niels musste kurz an den Mississippi bei Mark Twain denken, Huck Finn, Jackson Island und all das.

»Jeden Samstag Rasen mähen, Auto waschen, Fußball schauen. Stammtisch, Blasmusik, Kleintierzuchtverein. Auto auf Raten, Zweitwagen, Eigenheim, Mittelmeerurlaub im Sommer.«

Er nahm einen Schluck und ließ den Blick schweifen.

Niels erinnerte sich, dass Ralf einmal angedeutet hatte, wie seine Eltern sich ständig stritten.

»Hier draußen bin ich für niemanden ein Problem. Ich zahl meinen Liegeplatz und mein Essen, mehr hab ich nicht, mehr brauch ich nicht. Tut mir leid, Sohn, aber deine Mutter schafft das besser ohne mich.«

Niels dachte an Ralfs Mutter, die sechs Tage die Woche von mittags bis nachts in ihrer Kneipe arbeitete.

»Wisst ihr, Jungs«, fuhr er fort, »ihr macht es sicher einmal besser als ich. Lebt eure Träume und den ganzen Scheiß. Ich geb euch aber einen Rat. Ich weiß, den Rat eines Säufers muss man nicht ernst nehmen.«

Er sah von einem zum anderen.

»Geht weg aus Feldhausen.«

Sie sahen sich an.

Niels überlegte, was das bedeutete. Er wollte nicht von hier weg. Selbst wenn er, statt eine Schreinerlehre zu machen, studierte, würde er das am liebsten in Freiburg tun, weiter Fußball spielen, am Wochenende heimfahren und immer so weiter. Er malte sich aus, mit Sibel zusammen zu sein, die ja noch ein Jahr bis zum Abitur brauchte. Er konnte sich nicht vorstellen, wegzugehen, seine Freunde nicht mehr zu sehen. Auch wenn das Verhältnis zu seinem Vater angespannt war, zu vieles an seinem Dasein war zu gut, um es aufzugeben, fand er.

Ralfs Vater trank sein Bier aus.

»Dieser Ort ist …«, er suchte nach Worten, »verflucht.«

»Jetzt hör aber auf«, rief Ralf, »nur weil du dein Leben nicht auf die Reihe kriegst …«

»Pass auf, was du sagst, Junge!«, sagte sein Vater erbost.

»Dieser Ort lullt euch ein, bis ihr nicht mehr merkt, dass euch langsam eure Seele ausgesaugt wird. Bis ihr nur noch selig in den Tag hinein lebt. Ihr glaubt, ihr habt alles vor euch, habt alle Möglichkeiten, könnt machen, was ihr wollt. Aber ich sag euch was: In diesem Ort habt ihr euer Leben lang eine große Zukunft hinter euch. Ehe ihr euch verseht, sind zwanzig Jahre rum und dann dreißig. Wie in dem Märchen *Zwerg Nase.* Nur, dass ihr nicht weg wart, wie der in der Geschichte. Ihr wart immer da. Und ihr fragt euch, wo die Zeit geblieben ist. Und eure Jugend. Während ihr arbeitet, in die Kneipe geht, auf den Sportplatz und einmal im Jahr in den Urlaub. Am Montag zählt ihr die Stunden bis zum Wochenende, und am Wochenende wisst ihr nichts mit euch anzufangen, und dann seid ihr froh über den nächsten verkaufsoffenen Sonntag oder den nächsten Weihnachtsmarkt. Deine Mutter …«

Er sah Niels an, der bei den letzten Worten erschrak und spürte, wie ihm sein Herz bis zum Hals klopfte. Was wusste Ralf Senior über seine Mutter?

Ralfs Vater hielt inne und blickte aufs Wasser. »Ach, vergiss es.«

»Was ist mit meiner Mutter?«, fragte Niels scharf.

Ralfs Vater winkte ab. »Nun, sie ist nicht mehr hier, oder?«

Er trank seine Dose in einem Zug leer und stand auf, um sich eine neue zu holen. »Und ich gehe nicht davon aus, dass sie entführt oder ermordet wurde, oder? Also, du machst Abitur, du bist schlau, reim es dir selber zusammen.«

Er rülpste und setzte sich mit seiner neuen Bierdose auf seinen Platz.

Niels starrte ihn wütend an, wartend, hoffend, dass noch etwas kam, aber er sah, dass Ralfs Vater nichts mehr zu dem Thema sagen würde.

»Wisst ihr, dieser Fluss hier«, er zeigte nach Norden, wo das Gewässer hinter einer Biegung verschwand, »die Strömung ist jeden Tag anders. Sie ist immer da, aber immer unterschiedlich stark. Manchmal kreuzt man mit dem Boot hin und her, bleibt aber immer auf der gleichen Stelle. Die Strömung egalisiert jeden Meter, den man vorwärts segelt. An manchen Tagen kann man gar nicht segeln, da schafft man es unter Motor kaum zurück in den Hafen. Und manchmal könnt ihr problemlos ins Wasser springen und um euer Boot schwimmen. Anfänger können den Unterschied erst sehen, wenn sie schon draußen sind. Wenn man den Fluss kennt, so wie ich, dann weiß man schon morgens, wenn man den Kopf aus der Kajüte streckt, wie stark die Strömung sein wird.«

Er nahm einen großen Schluck Bier.

»Ihr denkt, was labert der alte Saufbold hier. Ihr habt recht. Aber denkt irgendwann daran. Vielleicht, denk ich manchmal, ist dieser Fluss hier wie das Leben. Bei mir war irgendwann die Strömung zu stark, und der Motor hatte kein Benzin mehr.«

Er nahm vier weitere große Schlucke. »Seht zu, dass euch das nicht passiert.«

Er ging in die Kajüte, ohne sie noch einmal anzusehen.

»Und jetzt haut ab.«

KAPITEL

25

HEUTE

»Was machen eigentlich die Rossbacher Arschgeigen?«, fragt Niels nach einer Weile.

Er spürt, dass die Vergangenheit irgendwann auf den Tisch kommen muss, ahnt aber auch, dass er es sein wird, der sie zum Thema machen muss. Von den anderen wird nichts kommen.

Er glaubt für einen Moment, einen Blick zwischen Volker und Ralf bemerkt zu haben, aber er kann sich auch täuschen.

»Diego ist am Ende«, sagt Volker. »Drogen. Das letzte Mal, als ich ihn gesehen hab, sah er aus wie sein eigenes Skelett. Erik auch. Alkohol. Hat nie irgendetwas auf die Reihe gekriegt. Lebt in einer Wohnung im Rosenhof.«

So heißt eine Siedlung am Dorfrand. »Jobbt, glaube ich, an der Tankstelle draußen an der Bundesstraße.«

»Haben's alle weit gebracht, was?«, sagt Niels.

»War absehbar«, sagte Ralf. »Wie hätte es auch anders kommen sollen, so ganz ohne Hirn.«

»Und Chuck?«, fragt Niels dann.

»Hat ein altes Haus in der Bergstraße gekauft«, sagt Volker, »und schön saniert. Ist er richtig gut drin. Ein Allrounder auf'm Bau. Hat uns auch geholfen bei der Renovierung.«

Verblüfft nimmt Niels diese Neuigkeit zur Kenntnis. Chuck hilft also Volker bei der Renovierung seines Elternhauses. Man kennt sich, man hilft sich.

Volker sieht Niels kurz an, dann schenkt er sich auch ein Glas Schnaps ein, Niels schließt sich an.

Er weiß nicht, was er sagen soll.

Die Frauen bleiben beim Wein.

»Guter Wein übrigens«, sagt Anna.

»Ja, danke. Der ist gut gelungen. Läuft auch gut.«

Dani und Volker haben ein paar der Reben seines Vaters behalten und stellen daraus Biowein her, den sie in ihrem Hofladen verkaufen.

»Fuck, ja« sagt Ralf plötzlich und knallt das volle Schnapsglas auf den Tisch. »Natürlich hab ich ein Problem mit dem Trinken. Ich weiß es. Und es ist nicht das einzige.«

Sie sehen ihn an.

»Ich bin fertig. Ich hab die Schnauze voll. Die Firma. Das alles.«

Die Freunde werfen sich einen überraschten Blick zu. Ralf hat noch nie wirklich darüber geredet, wie es ihm geht. Sein Leben lang mimt er in der Öffentlichkeit den Gute-Laune-Bär, und Öffentlichkeit meint bei ihm schon eine weitere Person, egal, wie gut befreundet man ist.

»Wegen Corona?«, fragt Niels.

»Ach was! Corona bringt es nur ans Licht. Wie so vieles. Das Problem ist viel älter. Es vergeht kein Tag, an dem ich nicht an die Zeit denke, als ich angefangen habe oder als wir zu zweit waren. Kleines Büro, kaum Fixkosten. Wir hatten Zeit, nachmittags im Hof Tischtennis zu spielen. Es gab ein paar Jungs, die haben zweimal in der Woche Boule gespielt. Lehrer und Polizisten und so. Ja, da hab ich einfach um fünf Feierabend gemacht und bin da hin. Und dann wird das Ding immer größer, mehr Leute, immer mehr Büros, mehr Computer. Kein Feierabend. Mittlerweile brauchen wir im Monat 20.000 Euro Umsatz, nur um die Kosten zu decken. Ich arbeite siebzig Stunden, komme nie vor acht abends da raus. So much for Work-Life-Balance. Und der Witz: Ich hab selbst kaum mehr Geld als vor fünf Jahren, hab viel weniger Zeit, nur Stress, und kann nachts nicht mehr richtig schlafen. Hab Rücken. Bin dauernd gereizt. Kann mich nicht mehr konzentrieren. Hab an nichts mehr Spaß. Hab nicht mal Lust auf die Bangles.«

Sie sehen ihn betroffen an, keiner findet die richtigen Worte.

»Und jetzt?«, fragt Niels.

Ralf starrt ins Leere. »Ich weiß es nicht, vielleicht schmeiß ich hin und fang was Neues an. Ich weiß nur nicht, was. Ich kann ja nichts außer labern.«

Für einen Moment schweigen alle.

»Sorry, Mann«, sagt Niels. »Wir wussten nicht …«

Ralf winkt ab. »Natürlich nicht. Wie auch. Ich spreche da ja nicht drüber. Wenigstens hab ich nicht auch noch die Verantwortung für eine Familie.«

Niemand sagt etwas.

»Willst du eigentlich wirklich keine?«, fragt Dani nach einer Weile. »Kinder, mein ich.«

Er sieht sie düster an.

»Doch, irgendwie schon, aber ich bin mit einem Alkoholiker als Vater aufgewachsen, der nie da war. Und jetzt trink ich selbst zu viel. Meinst du, ich will Kinder in die Welt setzen, denen es dann genauso geht?«

Für einen Moment starrt jeder von ihnen in sein Glas.

»Dafür hab ich eine Menge Soft-Skills«, sagt Ralf grinsend. »Vor allem äußerlich.«

Er kann es nicht lassen, denkt Niels. Ralf muss jede Situation mit einem Scherz auflösen.

Volkers und Danis Sohn Benni schaut in die Küche, murmelt etwas davon, dass er ausgehen will, und verschwindet. Kurze Zeit später kommt auch die Teenager-Tochter Jule herein und trinkt einen Schluck Wasser, ohne die Anwesenden zu beachten.

»Ich geh zu Lea«, sagt sie in Richtung ihrer Eltern.

»Um zehn bist du da, verstanden?«, ruft Dani. »Und nimm dein Handy mit.«

Man hört sie aus dem Flur mit genervter Stimme »Jaja« sagen, dann geht die Haustür.

Volker und Dani schauen sich an.

»Haben wir was falsch gemacht?«, fragt Dani.

Volker nickt. »Eine Menge vermutlich.«.

Kurz grinsen sie sich an. »Vor Kurzem hat Bennie zu Volker gesagt: Du nervst mich schon, wenn ich dich nur sehe.«

Alle lachen.

»Normal, oder?«, sagt Niels. »Ging mir auch so mit meinem Vater.«

Volker schweigt.

»Ich wollte immer eine Familie«, sagt Daniela plötzlich, »aber ich sag euch jetzt mal was, das hab ich noch niemandem gesagt. Ich liebe meine Kinder. Das lass ich mir nicht vorwerfen. Aber wenn ich ganz, ganz ehrlich bin, und vielleicht sollte man das nicht sein, ich weiß, aber dann muss ich sagen, dass mein Leben nicht richtig besser wurde dadurch. Dieses Geschwafel vom Mutterglück, von dieser Erfüllung, die man durch nichts anderes erfahren kann als durch die Mutterschaft, ich merke davon nichts. Hab ich noch nie. Für mich war das hauptsächlich Stress. Ich fand das Leben mit neunzehn geiler. Die ersten Jahre keinen Schlaf, nur waschen, kochen, rennen, rumfahren, Spielplatzhölle. Ich weiß nicht, was ich davon habe. Man schaut auf die Uhr, wann es endlich halb sechs ist und man nach Hause kann, das Abendessen richten, und dann ist es absehbar, dass sie irgendwann um halb neun schlafen, sodass man noch zwei Stunden frei hat, bevor man todmüde ins Bett fällt, und dann geht es von vorn los. Wenn man überhaupt zum Schlafen kommt, vielleicht pinkelt noch einer ins Bett, oder sie kommen beide um halb eins ins Ehebett und liegen dann auf einem drauf, und man macht die ganze Nacht kein Auge zu. Aber sag das mal jemandem. Sag das mal wirklich allen Ernstes. Die Leute schauen dich an, als wärst du irr. Niemand gibt zu, wie anstrengend das ist, alle tun so, als sei es das Geilste überhaupt, Kinder zu haben. *Man bekommt ja so viel zurück* und all der Scheiß. Und was, wenn man das nicht findet? Ist man dann ein schlechter Mensch? Und dann später, was hat man denn dann noch davon? Die kosten ein Schweinegeld, und wenn man mal von ihnen verlangt, etwas zu helfen im Haus oder im Geschäft, tun sie so, als würden sie gefoltert. Kommunikation findet entweder gar nicht mehr statt oder man wird angepflaumt. Und jetzt frag ich euch, wo genau liegen jetzt hier Glück und Erfüllung, wo?«

Alle starren Dani an. Volker wirkt vollkommen fassungslos.

»48 und einiges für die Unsterblichkeit getan«, sagt Ralf, der wie immer als Erster die Sprache wiederfindet. »Im Gegensatz zu mir, alles was ich hab, sind ein paar Selfies.«

KAPITEL

26

FRÜHER

Der Sommer wurde immer heißer, und die Ereignisse überschlugen sich im Wochentakt.

Niels verließ nach Schulschluss das Schulgebäude und sah Sibel allein über den Schulhof gehen. Er lief ihr nach, konnte aber nicht zu ihr aufschließen, ehe sie die Straße erreichte. Dort stand ein Mercedes, auf den sie zusteuerte. Sie öffnete die Beifahrertür, und sein Blick fiel auf den Fahrer. Es war sein Mannschaftskamerad Farouk.

Niels' Blut gefror. Für einen Moment geriet seine Welt ins Wanken. Natürlich war es einfacher für Sibel, Farouk zu daten. Das wäre sicher auch für ihren Vater leichter zu akzeptieren. Vielleicht waren die beiden einander ja schon längst versprochen.

Aber dann setzte die Vernunft wieder ein, und er beruhigte sich. Wieso sollte sie sich sonst ihm gegenüber so verhalten haben? Sibel war niemand, die Spiele spielte, die ihn köderte, nur um ihn dann fallen zu lassen. Zu eindeutig waren die Signale gewesen, und immer noch stand ihre Verabredung für die Party am See. Diese Gedanken beruhigten Niels, und er beschloss, keine Pferde scheu zu machen und den Dingen ihren Lauf zu lassen.

Das mündliche Abitur stand an.

Es war Volker und Niels irgendwie gelungen, sich für Sport als einziges mündliches Prüfungsfach anzumelden, daher hatte der sonstige Unterricht, außer Deutsch bei Dr. Gries, keinerlei Relevanz mehr. Ralf konnte mit seinem Bein nicht mitmachen, und die Schule hatte einige Probleme, eine Lösung für ihn zu finden. Er sagte, sie sollten ihm sein Abi einfach so geben, ihm sei es egal, aber das wollten sie nicht, schließlich hatte er ja die Chance, sich noch zu verbessern, also ließ er sich breitschlagen, in Geschichte mündlich zu gehen, weil der Lehrer faire Noten gab. Natürlich hatte er sich nicht vorbereitet, aber wenn Ralf eines immer schon konnte, dann war es reden ohne Punkt und Komma, und am Ende gaben sie ihm tatsächlich 5 Punkte, obwohl er kein einziges Wort zum eigentlichen Thema gesagt hatte. Er hatte es wohl irgendwie geschafft, einen Bogen vom Dritten Reich zur kommenden Fußball-WM in Italien zu schlagen, und da der Vorsitzende ein Fußballfan war und er sich besser unterhalten gefühlt hatte als in all den anderen Prüfungen zuvor, klopfte er Ralf am Ende gönnerhaft auf die Schulter und sagte: »Guter Mann, auch wenn Sie von Geschichte keine Ahnung haben, aus Ihnen wird etwas.«

Das Sportabi fand ausgerechnet am Tag nach dem ersten WM-Spiel der deutschen Nationalmannschaft statt.

Das Spiel war weniger spannend als befürchtet, was vor allem daran lag, dass Lothar Matthäus spielte, als wäre er eine Art griechischer Gott. Sie sahen das Spiel im Hof von Volkers Eltern, es wurde ausgiebig gefeiert, Ralf, der sein Abi schon in der Tasche hatte, legte sich irgendwann betrunken in der Scheune ins Heu, wo er immer noch lag, als Volker und Niels am nächsten Morgen auf wackeligen Beinen auf dem Sportplatz des Kreisgymnasiums eintrafen. Ihr Sportlehrer schüttelte nur den Kopf, als er sie sah, und er hörte den ganzen Vormittag über nicht mehr auf damit. Niels kam sich schon beim ersten Wettbewerb, Kugelstoßen, vor wie ein Slapstick-Komiker. Auch beim Weitsprung und beim Hochsprung blieb er weit unter seinen Möglichkeiten, und vor dem Hundertmeterlauf riss ihrem Sportlehrer der Geduldsfaden.

»Sagt mal, wollt ihr mich verarschen?«, zischte er den beiden an der Prüfungskommission vorbei zu, doch statt zu antworten, pfiffen sie aus den letzten Löchern, und er ging kopfschüttelnd wieder davon. Nach dem Tausend-Meter-Lauf schleppte Niels sich zur Umrandungsstange und übergab sich in hohem Bogen.

Vollends lächerlich wurde es dann beim anschließenden Volleyballspiel, wo sie spielten wie die Vollidioten. Niels bekam nach einer Minute einen Schmetterball ins Gesicht. Er konnte nichts mehr sehen und wankte blind und zitternd vom Feld. Volker gelang es, bei einem sicheren Ball direkt am Netz einfach am Ball vorbeizuschlagen, wobei er sich mit der herabfallenden Hand im Netz verhedderte, was ihn von den Beinen holte, sodass er im Netz hing wie ein verendeter Vogel. Von da an hatten Volker und Niels das Bedürfnis, jede peinliche Spielaktion hysterisch lachend zu kommentieren, was sich offenbar ansteckend auf ihre Mitspieler auswirkte und die Kommission das Spiel irgendwann verärgert abbrach.

Die Note, die herauskam, war den beiden egal. Sie hatten ihr Abi in der Tasche, ein Abi, für das Volker zumindest keinerlei Verwendung hatte. Er wusste sowieso, dass er den Hof seiner Eltern übernehmen würde. Und Niels sagte sich, eine Schreinerlehre konnte er auch so machen.

Viel wichtiger war sowieso das anstehende Saisonfinale am kommenden Wochenende.

Davor wurden noch die Abiturienten der Klasse von 1990 verabschiedet.

Ralf brachte es fertig, zwar mit Sakko, darunter aber mit Hawaiihemd und Bermudashorts zur Zeugnisausgabe zu kommen.

»Weil ich doch bis vor Kurzem den Gips hatte«, versicherte er jedem und ignorierte die pikierten Blicke von Eltern, Lehrern und Schulleitung. Seine Eltern kamen sowieso nicht, seine Mutter musste arbeiten, sein Vater saß auf seinem Boot, daher hatte er von zu Hause freie Hand.

Irgendwann waren alle Abiturienten auf der Bühne versammelt, es wurde noch das obligatorische *We are the Champions* mit Klavier- und Cello-Begleitung gesungen, gefolgt von dem 1990 unumgänglichen *Freiheit* von Westernhagen, als Niels mit einem Seitenblick sah, wie Ralf erstarrte. Er folgte Ralfs Blick und sah ganz hinten in der Halle einen Mann an der Wand lehnen. Er hatte sich rasiert und gekämmt, und irgendwo musste er noch ein paar saubere und intakte Kleider gefunden haben. Ralf schüttelte den Kopf, machte Anstalten, die Bühne zu verlassen und zu ihm zu gehen, doch als er sich durch die Stufenkameraden gekämpft hatte und auch Niels wieder freie Sicht zum Hallenende hatte, war die Stelle, wo Ralfs Vater eben noch gestanden hatte, leer.

KAPITEL

27

HEUTE

»Das ist doch absurd«, sagt Volker völlig fassungslos. »Wieso sagst du mir denn nichts davon? All die Jahre?« Er sieht seine Frau mit einem Blick an, als hätte sie ihm gerade seine Lebensfäden durchgeschnitten.

»Ach, was hätte das denn …?« Sie sucht nach Worten, und es ist ihr anzusehen, dass sie genau weiß, wie sehr sie ihren Mann gerade in seinen Grundfesten erschüttert hat. »Du verstehst das doch nicht. Du bist immer so vernünftig und kontrolliert und verlässlich und …«

»Langweilig«, sagt er scharf. »Sag's ruhig.«

Niels sieht zu Ralf und Anna, die das Schauspiel gebannt verfolgen.

Volker ändert seine Stimme, als er den nächsten Satz sagt: »Der Volki, der ist ein ganz Guter, gell. Aber halt ein wenig langweilig. Er arbeitet, tut alles, was man ihm sagt, aber er will halt auch nicht viel. Sitzt immer zu Hause rum, hört seine Platten, Abenteuer kann man mit dem keine erleben.« Und dann mit normaler Stimme: »Na und? Ich trinke nicht, vögel nicht rum, hab nicht mal ein teures Hobby, und was ist? Auch wieder nicht recht.«

»Ach komm, Volker, das ist ja aber auch schlimm mit dir«, sagt Dani. »Weißt du noch, als du vor Jahren mal abends weg bist, mit Rouwen und ein paar Jungs von früher. Die Kinder waren noch klein. Ihr wolltet essen gehen und danach saufen. Tagelang ging das hin und her, was ihr wo trinken wolltet und wieviel.« Sie wendet sich an Niels, Ralf und Anna. »*Die Eiskönigin* war noch nicht mal rum, da stand der Volki schon wieder da. Das Essen hatte ihm gereicht. Er war müde. Er war zu Hause, bevor die Kinder im Bett waren. Das war sein Abend außer Haus. Der einzige in zehn Jahren. Und dann diese zwanghaften Routinen. Jeden Monat kauft er genau eine CD oder eine Vinylplatte. Immer im Wechsel. Jeden Sonntag um neun Uhr morgens setzt er sich in seinen Keller und hört zwei Stunden Musik. Wenn man den Lärm so nennen kann. Ich könnt' noch ewig weitermachen. Man muss ja nicht jeden Abend an den Stammtisch gehen, aber immer zu Hause, da wird man verrückt. Sobald er reinkommt, duscht er, dann zieht er seine Jogginghose und seine fürchterlichen Hausschuhe an. Wenn ich diese Hausschuhe schon sehe, kommt mir das Kotzen.«

»Sie sind halt wahnsinnig bequem«, sagt Volker. »Und man bekommt warme Füße.«

»Volker, hörst du die Signale?«, sagt Ralf.

Niels fragt sich, was hier genau vor sich geht. Erst Ralf mit seinen intimsten Geständnissen und jetzt Dani. Irgendwie scheint dieses Treffen einiges in Bewegung zu bringen. Ist es die Konfrontation mit ihrer eigenen Jugend, all den Träumen, die sie hatten, und die Erkenntnis, wie viel toller man sich die Zukunft immer vorgestellt hat?

»Seit wann sind Verlässlichkeit und Vernunft eigentlich langweilig?«, fragt Volker. »Ich versteh das nicht. Wann ist das geschehen? In was für einer Welt leben wir denn? Ist das jetzt das Resultat? Jahrhundertelang wurden Frauen unterdrückt, und jetzt, wo die Männer alles abgelegt haben, was man ihnen immer vorwarf, kommt das? Es reicht einfach nicht. Sie wollen immer noch mehr. Romantik, Leidenschaft, Zuverlässigkeit, finanzielle Potenz, Einfühlungsvermögen, handwerkliches Geschick, kinderlieb soll er auch noch sein und treu, aber auch abenteuerlustig, am besten ein wenig abgründig, aber halt irgendwie nicht zu sehr, und das alles gleichzeitig. Bei euch hackt's doch!«

Dani und Anna sehen sich an und müssen gleichzeitig loslachen.

»Ja, das trifft es doch ganz gut«, sagt Anna, »so schwer kann das doch wohl nicht sein.«

»Ich selbst glaube ja«, sagt Ralf, »dass die meisten Menschen eh nur Kinder bekommen, um eine Rechtfertigung dafür zu haben, dass sie einfach nur noch langweilig und bequem sind, obwohl sie das eigentlich schon immer waren. Aber jetzt können sie es sein, ohne ein schlechtes Gewissen zu haben. Jetzt müssen sie nicht mehr ins Kino, auf Konzerte, wo es eh immer zu spät wird, man muss ja morgens früh raus, außerdem ist es zu laut oder man muss zu lange stehen oder sitzen, irgendwas ist immer, und so bequem wie auf dem eigenen Sofa ist es eh nirgends.«

»Was kann ich denn dafür?«, sagt Volker, »ich wollte immer eine Familie. Ich will nichts anderes. Ich will nicht in Kneipen hocken. Und ins Kino will ich auch nicht.«

»Sei froh, dass du Volker hast«, sagt Anna, »wenn man so einen hat, darf man ihn nicht mehr loslassen, das sag ich dir. Ich weiß, wovon ich spreche.«

»Ich bin halt nicht so der Sprinter«, sagt Volker, »ich bin eher für die Langstrecke gemacht.«

»Ja, aber man wünscht sich manchmal die eine oder andere Amplitude nach oben oder unten, nicht immer nur diese Gleichförmigkeit. Du bist ja auch nie schlecht gelaunt, du bist immer gleich. Tagein, tagaus, du bist so verlässlich, dass einem fast schlecht wird.«

»Der Volker und die Dani«, sagt Ralf grinsend. »Wer hätte das gedacht? Und dabei ernähren sie sich so gesund. Bio und so, kaum Fleisch, rauchen nicht, trinken mäßig, werden zur Strafe für ihr gesundes Leben wahrscheinlich hundert Jahre alt, und jetzt das. Zwei missratene Kinder. Regretting motherhood und Ehekrise. Vielleicht arbeitet ihr auch zu viel.«

Volker nickt. »Das stimmt wahrscheinlich sogar.«

»Könnt ihr euch jemanden vorstellen«, sagt Niels, »der auf dem Sterbebett liegt und auf sein Leben zurückblickt und sagt: Ich hätte gern mehr gearbeitet.«

»Was würdet ihr gern mehr tun?«, fragt Anna. »Ich würde gern mehr tanzen.«

»Mehr Sex«, sagt Ralf, und alle lachen. »Habt ihr eigentlich noch Sex?«, fragt er Volker und Dani allen Ernstes.

Dani lacht verlegen.

»Natürlich nicht«, sagt Volker, und Niels ist sich sicher, dass das nicht einmal ein Witz ist.

»Kaum zwei Abende in der alten Heimat«, sagt Niels, »und alles liegt in Trümmern.«

Und dabei, denkt Niels, haben sie noch nicht einmal

über das Thema gesprochen, um das sie alle in diesem Raum schon den zweiten Abend auf Zehenspitzen herumschleichen. Das Thema, das keiner von ihnen offen anspricht, das Niels seit dreißig Jahren wie ein dunkler Schatten begleitet, ohne dass er je mit jemandem darüber gesprochen hätte. Als gäbe es zwischen ihnen ein schwarzes Loch, das sie alle verschlingen würde, wenn man ihm zu nahe käme.

KAPITEL

28

FRÜHER

Es war der Samstagabend vor dem letzten Spiel der Saison. Mit einem Sieg würde Feldhausen die Tabellenführung übernehmen und Meister werden.

Niels war nervös wie nie vor einem Fußballspiel. Er hatte seit dem Siegtor gegen Rossbach nicht so gut gespielt, wie er gern gewollt hätte. Sein altes Problem kam ihm immer wieder in die Quere. Er zögerte zu lange, dachte nach, suchte nach der besten Option und verlor den Ball. Er hatte noch zwei Vorlagen gegeben und einmal getroffen, aber insgesamt war er ein Schwachpunkt in der Mannschaft. Er wusste das, alle anderen auch, vor allem sein Vater. Aber er spielte, weil es niemanden gab, der besser gewesen wäre, da Ralf immer noch ausfiel. Der kommende Gegner war der stärkste in ihrer Liga. Der direkte Konkurrent um die Meisterschaft. Es musste alles passen, damit sie morgen gewinnen konnten. Das Hinspiel hatten sie klar verloren. Niels hatte keine Lust gehabt, sich mit Ralf und Volker zu verabreden, und Sibel hatte keine Zeit. Es schien, als würden sie sich vor der Party am kommenden Wochenende nicht mehr sehen. Irgendwie glaubte Niels, und er hoffte, es ginge Sibel genauso, dass ihr Treffen am See ihr Zusammensein besiegeln würde und man sich vorher nicht mehr treffen sollte oder durfte, um nichts von dieser heiligen Anspannung zu zerstören, es kam ihm fast wie bei einer Hochzeit vor.

Nach einem ruhigen Abendessen mit seinem Vater saß er in seinem Zimmer, unschlüssig, ruhelos. Er wollte etwas schreiben, aber es ging nicht. Musik hören mochte er auch nicht. Er klimperte ein wenig auf der Gitarre herum und wartete, bis es spät genug war, um ins Bett zu gehen.

Gegen elf hörte er ein Geräusch an seinem Fenster. Was war das? Ein Stein?

Er dachte an Sibel, und sein Herz schlug heftig, aber das war unmöglich.

Er zog den Vorhang beiseite, und da standen sie vor Volkers Ford. Volker, Ralf, Rouwen und Clemi.

»So, jetzt hör mal auf, an dir rumzuspielen, und komm raus«, rief Ralf. Niels musste grinsen, zog sich an und schlich sich leise nach draußen, um seinen Vater, der vor dem Fernseher eingeschlafen war, nicht zu wecken. Der hätte sicher ein paar Einwände gegen dieses späte Treffen seiner halben Mannschaft gehabt.

Niels zwängte sich zwischen Rouwen und Clemi auf die Rückbank, und Volker fuhr los.

Clemi drückte Niels ein Bier in die Hand, sie prosteten sich zu.

»Vor so einem Spiel«, verkündete Ralf, »darf man keinesfalls zu früh ins Bett. Das bringt Unglück.«

Es war deutlich, dass die Jungs schon ein paar Biere Vorsprung hatten.

Volker war zielstrebig zum Feldhausener Sportplatz gefahren, vor dessen zugesperrtem Eisentor er nun hielt.

Die Jungs stiegen aus, Rouwen holte einen Kasten Bier aus dem Kofferraum, Ralf schmiss zwei Fußbälle über den Zaun.

»Los, rüber da!«, bestimmte er. Rouwen und Clemi hievten Ralf mitsamt seinen Krücken über den Zaun. Volker, der schon auf der anderen Seite war, nahm ihn in Empfang.

Es war eine sternenklare Vollmondnacht, sodass der Platz und der Wald nebenan in ein unwirklich helles Licht getaucht war. Die Freunde gingen in den Mittelkreis, setzten sich auf den Boden und prosteten sich zu.

»Auf morgen!«

»Forever young.«

»Forever now!«

»Männer«, sagte Volker, »das ist unsere Zeit, wisst ihr das? Besser wird es nicht mehr.«

Sie stimmten ihm zu.

»Morgen muss alles klappen«, sagte Volker.

»Und, Niels, bist du fit für morgen?«, fragte Rouwen.

»Ich denke schon«, sagte Niels.

»Du denkst es, oder du weißt es?«, hakte Rouwen nach.

Niels fühlte sich ein wenig unbehaglich. Alle sahen ihn an.

»Du musst morgen über dich hinauswachsen.«

In dem Moment erkannte Niels, dass dieses Treffen auf dem nächtlichen Sportplatz kein Zufall und kein spontaner Einfall der Jungs war, sondern möglicherweise von langer Hand geplant. Eine Art Sondertraining für den schwächelnden Mittelfeldspieler.

»Boah«, sagte Niels, »ich bin schon nervös genug, jetzt macht mal halblang.«

»Nix da«, sagte Volker streng, »halblang reicht morgen nicht. Genau darum geht es.«

»Jungs«, sagte Rouwen in die Runde, »was machen wir mit dem?«

Niels lächelte verlegen.

»Dein Spiel ist zu träge, zu wenig automatisiert«, sagte Rouwen. »Was dir an Instinkt fehlt, kann man aber vielleicht durch festgelegte Spielzüge ersetzen. Wie im American Football, verstehst du?«

Theoretisch verstand Niels, was sie meinten.

Rouwen stand auf und schnappte sich den Ball.

»Los, Niels, auf mit dir!«

»Och, Jungs, was soll denn das jetzt?«, sagte Niels ein wenig genervt, aber auch beschämt.

Rouwen kam auf ihn zugedribbelt.

»Komm, nimm mir den Ball weg.«

Niels bewegte sich halbherzig in seine Richtung, doch Rouwen umspielte ihn locker.

»Los, probier's!«, rief Ruben. »Was machst du morgen, wenn so einer auf dich zukommt?«

Und dann packte Niels der Ehrgeiz. Vielleicht hatte das alles ja sein Gutes. *Per aspera ad astra,* wie Dr. Gries gerne sagte. *Durch den Staub zu den Sternen.* Vielleicht wollten sie ihn ja nicht beschämen, sondern einfach nur besser machen. Er baute sich vor Rouwen auf, fokussierte den Ball, schaute auf Rouwens Beine, versuchte zu erahnen, was er vorhatte, und ging dazwischen. Rouwen versuchte, ihn durch eine Körpertäuschung dazu zu bringen, die Beine einen Spalt zu öffnen, durch den er den Ball schieben wollte, doch er roch den Braten und klemmte den Ball ein. Applaus und Gejohle von Rouwen und den anderen.

»Genau so geht das, Niels!«, rief Volker.

Und dann trainierten sie im Mondlicht. Spielzüge, Laufwege, Spielsituationen. Immer wieder stellten sie Situationen nach, froren sie ein, legten Laufwege fest und trainierten das direkte Passen in die leeren Räume. Natürlich, das wussten sie, konnten sie nicht über Nacht einen besseren Fußballer aus Niels machen, aber ein oder zwei richtig gute Szenen im Spiel morgen würden vielleicht reichen, wenn die eigene Abwehr gut stand und das Glück auf ihrer Seite war.

Etwa sechzehn Stunden später, es stand immer noch null zu null, und es waren noch zehn Minuten zu spielen, bekam Niels einen Ball von hinten zugespielt. Er stand ein paar Meter in der gegnerischen Hälfte mit dem Rücken zu deren Tor, und dank letzter Nacht spürte er, was jetzt passieren musste. Er wusste, dass Metin und Rouwen links und rechts losstarteten, dass Metin versuchen würde, hinter dem Rücken seines Gegenspielers nach innen zu sprinten und Rouwen seinen Verteidiger nach außen locken würde. Er wusste, wo der Ball hingespielt werden musste und in welcher Geschwindigkeit, und er wusste auch, dass es schnell gehen musste. Das war bisher sein Problem gewesen. In den bisherigen Spielen hatte er in diesen Situationen zu lange gezögert und dadurch Gelegenheiten verstreichen lassen.

Heute nicht.

Er nahm den Ball an, drehte sich und spielte ihn flach und stark zu Metin. Alles kam genau wie geplant. Er hörte, wie sein Vater, Hotte und die Zuschauer begeistert schrien, er sah wie Metin den Ball nahm und schräg aufs Tor zulief, sein Gegenspieler war zu weit weg, um ihn noch einzuholen. Bevor er den Torwart erreichte, hob Metin den Kopf, legte den Ball hinüber zu Rouwen, der nur noch ins leere Tor einschieben musste. Metin und Rouwen sanken auf die Knie und umarmten sich. Der Rest der Mannschaft stürzte sich auf Niels.

KAPITEL

29

HEUTE

Du warst auffällig ruhig, heute Abend«, meint Niels, als er und Anna nach Hause laufen. Er ist leicht angetrunken, was ihm eine lange nicht gespürte Leichtigkeit verleiht.

»Ach, weißt du«, sagt Anna, »ich bin eine alleinerziehende Mutter mit Pech in der Liebe, die in ihrem Elternhaus lebt. Ich lebe mit meiner Krise schon so viele Jahre. Außerdem trage ich sie nicht geheim mit mir herum, sondern jeder kann sie sehen. Ich hatte nicht das Gefühl, dass ich heute im Vergleich zu euch viel beizusteuern hatte.«

Niels grinst und legt ihr freundschaftlich den Arm um die Schulter. »Vielleicht sind wir alle verflucht«, sagt er nach einer Weile.

»Wieso?«

»Na ja, wegen dieses Sommers vor dreißig Jahren. Ich habe das Gefühl, es ist an der Zeit, da mal drüber zu reden. Mit den Jungs, meine ich. Oder euch allen.«

Anna bleibt stehen und sieht ihn an. Mehrfach hebt sie zum Sprechen an, überlegt es sich aber immer wieder anders, sodass Niels glaubt, sie würde gar nichts mehr sagen.

»Wusstest du«, meint sie irgendwann, »dass dein Vater eine Laterne montiert hat, dort oben, und dass er jeden Abend eine Kerze angezündet hat?«

Niels sieht sie verblüfft an.

»Nein, natürlich nicht.«

Sie gehen langsam weiter. Er hat Schwierigkeiten, sich dieses Szenario bildlich vorzustellen. Niels fühlt sich wie ein Idiot. Vermutlich gibt es so viel, was er nicht weiß über all das, was hier seither passiert ist, und für das er sich auch nie interessiert hat.

Er hat das Gefühl, Anna habe noch eine Menge zu sagen, aber aus irgendeinem Grund tut sie es nicht. Er zündet sich eine Zigarette an.

Anna bleibt stehen und dreht sich zu ihm um.

»Na, komm.«

Während er auf sie zuläuft, hebt sie den Kopf und besieht sich den klaren Sternenhimmel.

»Schön, oder?«

Er folgt ihrem Blick.

»Ja«, sagt er. »Auch wenn ich zugeben muss, dass ich mir nie etwas aus Sternen gemacht habe. Ich schaue hoch und weiß, ich müsste jetzt irgendetwas fühlen, irgendwas zu den Themen Existenz, Unendlichkeit oder so, aber es passiert nichts.«

Anna lacht. »Du bist mir vielleicht ein Poet.«

Er nickt. »Ja, das ist vermutlich genau das Problem. Vielleicht hab ich immer nur so getan, als wären Sterne irgendwie bedeutsam, um selbst tiefgründig, romantisch und nachdenklich zu wirken. Hat meistens ganz gut funktioniert. Aber in Wirklichkeit fühle ich kaum etwas. Ich spüre manchmal in bestimmten Situationen, dass ich jetzt dies oder jenes empfinden sollte, aber es passiert nicht.«

Anna sieht ihn ernst an.

»Marlene hat einmal zu mir gesagt«, sagt er, »dass ich nur bei Filmen und Liedern weine, das echte Leben halte ich von mir fern.« Niels nimmt einen tiefen Zug und lässt die erst halb aufgerauchte Zigarette fallen. Sie schmecken ihm in letzter Zeit nicht mehr so gut.

KAPITEL

30

FRÜHER

Die Woche war wie ein einziger Rausch. Am Tag, als Feldhausen A-Jugend-Meister wurde, schlugen die Deutschen die Holländer mit 2 zu 1, die Holländer führten sich auf, als wären sie Rossbacher, Rijkaard bespuckte Völler, Klinsmann rannte um sein Leben und lag von Krämpfen geschüttelt am Boden, und Heribert Faßbender wollte den argentinischen Schiedsrichter *zurück in die Pampa* schicken. Die Freunde schrien, jubelten, tranken, rauften sich die Haare und tanzten.

Niemand dachte mehr an eine mögliche Rache der Rossbacher. Die Zerstörung ihres Sportplatzes war nun so lange her, dass in Feldhausen davon ausgegangen wurde, die Rossbacher hätten doch tatsächlich so viel Ehre im Leib, um das Unentschieden anzuerkennen und das Ganze auf sich beruhen zu lassen.

Vier Tage später kam es bei der WM zum Elfmeterschießen gegen England.

Der Engländer Southgate verschoss, einen musste es treffen, denn das Schicksal hatte noch nicht genug. Es schien diesen Sommer perfekt machen zu wollen. Als Niels, Volker und Ralf in dieser Nacht hinter Volkers Scheune in den Rasen pinkelten, waren sie die Herren des Universums. Ihnen gelang alles. Das Leben lag vor ihnen wie ein einziges Versprechen. Sie waren Superhelden. Unbesiegbar und unsterblich.

Dann kam der Samstag vor dem WM-Finale. Das Jahr 1990 war ein denkwürdiges. Abitur, 18. Geburtstag, Führerschein, A-Jugend-Meisterschaft, Niels war verliebt und Deutschland spielte im Endspiel. Es war, als hätte das Leben, ja eigentlich die Geschichte der Welt, nur stattgefunden, um hier, heute seinen Höhepunkt zu erreichen.

Was die Party am See anging, war mittlerweile gar nicht mehr klar, wer sie eigentlich veranstaltete und wer einfach mithalf. Den ganzen Tag wurden Getränke angeliefert, Lampions aufgehängt, die Musikanlage installiert, der Feuerplatz hergerichtet, auf dem dann auf einem großen Schwenkgitter gegrillt werden sollte. Das Wetter war perfekt, es war heiß, wolkenlos, und es waren keine Gewitter angekündigt. Niels und die anderen trafen sich ab zehn Uhr morgens, und gegen siebzehn Uhr war alles geschafft. Fast alle Helfer sprangen ins Wasser, um sich abzukühlen, dann fuhr Niels heim, um sich zu duschen und umzuziehen.

Zu Hause lief er Heike über den Weg, die dabei war, sich gewohnt nuttig für den Abend herzurichten und offenbar extra lange im Bad benötigte. Beim Anblick ihres grotesk überschminkten Gesichts musste Niels an Alice Cooper denken.

Seinem Vater lief er nicht über den Weg, er wusste auch nicht, wo er war. Ihr Verhältnis hatte sich seit dem Gewinn der Meisterschaft und Niels' entscheidendem Beitrag im letzten Spiel ein wenig gebessert, sein Vater hatte ihm nach dem Spiel ausgiebig auf die Schulter geklopft, und sie hatten später mit Bier angestoßen. Nicht, dass sie nun besser miteinander reden konnten, aber sie waren zumindest nicht mehr aneinandergeraten. Das große Tabuthema war Niels' Zukunft, die er erfolgreich vor sich herschob, was sein Vater in letzter Zeit auch nicht mehr angesprochen hatte, wobei Niels wusste, dass es nur eine Frage der Zeit war, bis es deswegen zum nächsten Streit kommen würde.

Auf dem Weg zur Party lief im Kadett die Kassette mit Niels' Lieblingsliedern, die er sich im Lauf des Sommers aufgenommen hatte. *Love her Madly* von den Doors, *Tangled Up in Blue* von Dylan, dann *The Power of Love.* Bei der Zeile *I'll keep the vampires from your door* dachte er an Sibel, und ein freudiges Kribbeln durchfuhr ihn. Heute Abend würden sie sich treffen, und wenn alles nach Plan lief, würde er sie küssen. Vielleicht sogar mehr? Letzteres wäre unfassbar, aber vermutlich würde es nicht dazu kommen. Sibel würde sich Zeit lassen, und das war in Ordnung. Er wollte auch nichts überstürzen. Was er wollte, war, die Vampire von ihrer Tür fernzuhalten. Das schien ihm absolut ausreichend als Sinn seines restlichen Lebens. Schließlich, als er auf die Zufahrt zum See einbog, noch *The Boys of Summer.* Er dachte an Ralf und Volker, und kurz stellte er sich vor, dass er immer mit ihnen befreundet bleiben wollte. Vielleicht würden sie alle hier wohnen bleiben, Familien haben, Kinder, die miteinander spielten. Gemeinsam in den Urlaub fahren, Silvester feiern? Vielleicht war das ein wenig kitschig. Ein kurzer Moment der Wehmut erfüllte ihn. Was, wenn dies hier der Moment im Leben war, von dem aus es bergab ging? Nur noch bergab gehen konnte, weil es nicht mehr perfekter ging. Wenn dies in seiner Erinnerung der perfekte Tag im perfekten Sommer war? Würde er jemals wieder weniger Sorgen, weniger Verpflichtungen haben und mehr, worauf er sich freute? Er musste lachen, so glücklich war er. Er parkte den Kadett und stieg aus.

Vom See wehte bereits Musik zu ihm herüber. *Our House.*

Einige waren im Wasser, manche tanzten oder standen um den Grill herum.

»Niels Cerny, Fußballgott!«, rief jemand, und Niels winkte zurück.

Jemand packte ihn von hinten am Hals.

Ralf. Er reichte ihm ein bereits geöffnetes Bier in die Hand. Ralf hatte noch seine Badehose an, darüber ein T-Shirt, offenbar war er seit dem Aufbauen gar nicht zu Hause gewesen.

»Das wird die beste Nacht aller Zeiten. Eine Nacht, von der wir unseren Enkeln erzählen werden.«

Volker kam dazu, der DJ legte *Come On Eileen* auf, und die drei tanzten, die Arme um die Schultern gelegt. Minütlich kamen neue Gäste.

Niels sah auf die Uhr. In einer Viertelstunde würde er Sibel treffen. Sein Blick fiel auf seine Schwester Heike, die, Bier in der einen, Zigarette in der anderen Hand, mit einer Gruppe von Leuten zusammenstand und lachte.

Ralf riss sich los, sah seine Kumpels an und rannte zum Ufer.

»Das ist alles so geil!«, hörte man ihn rufen, dann stürmte er ins Wasser, bis er nicht mehr vorwärtskam und sich mit einem Hechtsprung hineinstürzte.

»Na, was ist?«, rief er Volker und Niels zu, doch die winkten ab.

»Hey, ihr Stricher!« Rouwen stand auf der Tanzfläche, das Hemd bis zum Bauchnabel geöffnet, Bierflasche in der Hand.

Volker und Niels prosteten ihm zu, Daniela kam dazu und küsste Volker.

Ihr Mannschaftskamerad Didi lief mit einem Tablett voller Tequila-Shots, Zitronenstücken und einem Salzstreuer herum, und die drei griffen zu, Rouwen auch.

»Forever now!«, riefen sie und tranken gleichzeitig.

Niels machte sich wortlos auf den Weg. Er wollte nicht zu spät kommen.

Sein Herz schlug voller Vorfreude. Er warf einen Blick zurück auf die Feiernden und musste lächeln. Das Leben stand sperrangelweit geöffnet vor ihnen und lud sie ein, hereinzukommen.

Er entfernte sich von der Party, aber auch auf dem Weg um den See saßen und standen Leute, viele von ihnen kannte er gar nicht. Erik kam ihm entgegen, von irgendwoher offenbar auf dem Weg zur Party, doch Niels ignorierte ihn, damit wollte er sich jetzt nicht belasten.

Er bog um die Kurve, die zu der Bucht mit der Bank führte, wo er Sibel treffen wollte. Die Bank war leer. Sibel war noch nicht da.

Niels sah auf die Uhr. Punkt halb neun. Er setzte sich,

hätte gerne geraucht, wollte aber nicht nach Zigaretten schmecken, falls es zum Kuss kam.

Aus der Ferne drang die Musik von der Party an sein Ohr, AC/DC. Olli, der DJ, war jetzt beim Hardrock angelangt, Volker würde entzückt sein.

Irgendwo auf der anderen Seeseite hörte man hochdrehende Motoren und durchdrehende Reifen auf einem Feldweg und Stimmengewirr.

Fünf nach halb. Er hatte geglaubt, Sibel wäre eher pünktlich. Aber vielleicht gab es Probleme mit ihrem Vater.

Niels stand auf und ging ein paar Schritte. Er überlegte, ihr entgegenzulaufen, aber er war nicht sicher, aus welcher Richtung sie kommen würde. Er nahm die von der Party wegführende und bog um die nächste Kurve.

Da lag jemand am Boden.

KAPITEL

31

HEUTE

Als Niels an diesem Morgen die Augen aufschlägt, fasst er einen Entschluss. Er würde heute noch nicht zurück nach Berlin fahren.

Er schreibt seinen beiden Kumpels, Dani und Anna eine Nachricht und lädt sie für den Abend zu sich zum Essen ein.

Nach dem Morgenkaffee räumt Niels ein wenig im Haus herum.

Eigentlich hätte er schon gestern den Makler anrufen sollen, aber er schafft es einfach nicht, er weiß nicht, warum. Irgendetwas hält ihn auch heute wieder davon ab, die Nummer zu wählen.

Niels versucht, sich einen Überblick über die Finanzen seines Vaters zu verschaffen, und versenkt sich in Ordner voller Kontoauszüge und Bankunterlagen. Da das Haus längst abbezahlt ist und sein Vater die letzten Jahre kaum noch Geld ausgegeben hat, außer für seine Pflegerin Olga, ist noch genug übrig. Die Erbschaft wird ihm zum ersten Mal in seinem Leben ein finanzielles Polster verschaffen.

Er holt sich noch einen Kaffee, schmiert sich zwei Toastbrote, und dann googelt er Sibel. Das Ergebnis führt ihn auf die Webseite ihrer Kanzlei in Köln. Minutenlang starrt er auf ihr Foto. Dann sucht er sie auf Facebook und findet dort Bilder von ihr und ihrem Mann. Er kennt ihn. Farouk, sein alter Teamkamerad.

Die Schmerzen hinter seiner Stirn werden stärker, er hatte sie bis eben schon fast vergessen.

Er verlässt das Haus, nimmt das Fahrrad seines Vaters aus der Garage und fährt durchs Dorf.

Er sieht sich das Neubaugebiet an, das jetzt auf dem alten Sportplatz steht. Einheitshäuser mit kleinen Gärten für Familien mit kleinen Kindern. Er sieht kleine Baumarkt-Pools und Trampoline, und wieder denkt er an Liv. Er vermisst sie. Er spürt, wie gern er ihr das alles hier zeigen würde.

Niels hat seit der Beerdigung gestern immer stärker das Gefühl, dass sein Heimatort noch nicht fertig ist mit ihm. Oder andersrum. Dass hier etwas Verborgenes lauert, das mit jener schrecklichen Nacht vor dreißig Jahren zu tun hat. Und dass er dem auf den Grund gehen muss.

Er fährt die Hauptstraße entlang. Vor Metins Imbiss steht ein Lieferwagen mit türkischer Aufschrift, und als er gerade daran vorbeifahren will, tritt Metin vor die Tür und sieht ihn direkt an.

Niels kann nicht anders und hält an.

Metin zögert einen Moment, dann kommt er ihm entgegen.

Es ist wie immer, wenn man jemanden, den man einmal

gut gekannt hat, nach so langer Zeit wiedersieht. Von Weitem sehen die Leute aus wie früher, je näher sie kommen, desto älter werden sie, man sieht die Zeichen der Zeit in ihren Gesichtern, und wenn man sich eine Weile unterhält, dann stimmen die Mimik und Gestik, der Tonfall, das Lachen bald wieder völlig mit der Erinnerung überein, die vergangene Zeit löst sich auf und Vergangenheit und Gegenwart werden eins.

»Niels«, sagt Metin und lächelt. »Schön, dass du wieder hier bist.«

Niels nickt. »Mein Vater …«

»Ja, ich weiß«, sagt Metin. »Ich konnte nicht zur Beerdigung kommen.« Er zeigt auf den Imbiss hinter ihm. »Musste arbeiten. Brauche gerade jeden Euro. Mein Beileid.«

»Danke.«

Eine Weile sagt niemand etwas.

»Metin, geht's dir gut?«, fragt Niels.

Eine Frage, die hier in der Gegend in der Regel gern mit »Muss halt« oder »Hauptsache, gesund« beantwortet wird.

Metin aber scheint ernsthaft über diese Frage nachzudenken, dann nickt er.

»Ja. Mir geht es gut. Vielleicht hatte ich mir mal etwas anderes für mein Leben vorgestellt. So wie Sibel, weg von hier, studieren, wichtiger Job irgendwo, aber eigentlich …«

Er zeigt auf den Laden hinter ihm.

»Ich habe eine tolle Frau, zwei Kinder, bin selbstständig. Der Imbiss läuft gut. Na ja, zumindest lief er gut, bis vor dem Lockdown. Aber ich glaube, mir geht es gut.«

Niels' Blick fällt auf die Narbe auf Metins Wange.

»Ist das …?«, fragt er, und Metin nickt.

»Hör zu, Niels«, sagt er, »wir haben nie mehr gesprochen seit damals, aber ich habe nie vergessen, was du getan hast. Immer. Für mich und die anderen.«

Niels nickt. »Chuck wohnt nicht weit von hier, lauft ihr euch manchmal über den Weg?«, wechselt er das Thema.

Metin lacht.

»Er kommt sogar öfter hier rein. Schmeckt ihm wohl, türkisches Essen.«

Niels starrt Metin an. Wieder fehlen ihm die Worte. Er versucht sich vorzustellen, wie Chuck hier drin einen Döner isst und mit Metin über das Wetter plaudert. Es will ihm nicht gelingen.

»Wie lange bist du hier?«, fragt Metin.

»Ich weiß es nicht.«

»Komm mal zum Essen vorbei, ich mach dir was Besonderes.«

»Okay.« Niels macht sich daran, loszufahren, doch dann hält er noch einmal inne. »Geht es Sibel gut?«

Metin schaut ihn lange an. »Ja«, sagt er dann.

»Ich muss dich was fragen«, sagt Niels. »Seit wann waren sie und Farouk ein Paar? Schon vor der Nacht mit der Party, oder danach?«

Niels ist sich nicht sicher, ob Metin überhaupt irgendetwas davon wusste, dass Niels und Sibel sich zweimal getroffen hatten. Sicher ahnte er nichts davon, wie verliebt Niels in seine Schwester gewesen war. Im Lauf der Jahre war es Niels selbst immer unwahrscheinlicher vorgekommen, dass die beiden eigentlich kurz davor gewesen waren, ein Paar zu werden, wie er bis zum Abend der Party selbst geglaubt hatte.

Metin sieht ihn nachdenklich an. »Farouk war da an dem Abend. Und auch danach. Du nicht.«

Und damit ist alles klar. Mehr gibt es nicht dazu zu sagen.

Genau so war es.

KAPITEL

32

FRÜHER

Dursun kniete neben dem am Boden liegenden Metin und sah Niels erst erschrocken, dann erleichtert an. Metin hatte eine blutende Wunde am Kopf und regte sich nicht.

»Was ist los?«, rief Niels panisch. »Atmet er?«

Dursun nickte. Das Haar klebte ihm an der Stirn und er zitterte.

»Wir müssen einen Krankenwagen rufen!«

»Sind schon welche unterwegs«, sagte Dursun.

Niels sah sich hilflos um, suchte nach irgendetwas, womit er Metin helfen konnte, er hasste es, hier einfach nur zu stehen und nichts tun zu können. Eine Shisha-Pfeife lag zerbrochen am Boden, ein dicker, etwa ein Meter langer Ast, außerdem einige Flaschen Cola und Fanta, aber natürlich kein Alkohol.

»Was ist passiert?«, fragte Niels immer noch geschockt und mit klopfendem Herzen.

»Chuck, Diego und ein paar andere haben uns überfallen. Kamen aus dem Gebüsch. Wir wollten hier gemütlich eine Shisha rauchen.«

»Aber was ist mit Metin passiert?« Niels kniete sich neben Dursun und starrte fassungslos auf seinen bewusstlosen Mannschaftskameraden.

»Diego ist völlig ausgetickt. Hat ihn mit einer abgebrochenen Flasche im Gesicht erwischt, Metin hat sich gewehrt, dann hat ihm jemand mit dem Ast da auf den Kopf gehauen. Hab nicht gesehen, wer es war.«

Niels spürte Wut in sich aufsteigen. Diese verdammten Rossbacher. Sie konnten es nicht lassen.

»Wo sind die Wichser hin?«

»Verschwunden«, sagte Dursun. »Aber sie haben gesagt, sie kommen wieder und machen die Party kaputt.«

In Niels' Kopf überschlugen sich die Gedanken. Was, wenn die Rossbacher auch Sibel abgefangen und ihr etwas angetan hatten?

»Hast du Sibel gesehen?«

Dursun sah ihn an.

»Sibel? Ja, die war kurz da. Ist mit Farouk gegangen.«

Farouk, dachte Niels. Nun also doch. Hatte sie ihn doch verarscht. Er war nicht gut genug für sie, wie er es von Anfang an geahnt hatte. Und er hatte sich auch noch Sorgen gemacht.

Voll unbändiger Wut stand er auf.

Nun war es genug. Diese Typen konnten hier nicht einfach herkommen und alles kaputtmachen.

»Das wird ihnen leidtun«, presste er hervor. »Damit kommen sie nicht davon.«

Er machte sich auf den Weg zurück zur Party. Hier

konnte er nichts ausrichten. Dursun passte auf Metin auf, und gleich würde der Krankenwagen hier sein. Aber die Rossbacher waren noch nicht weit und wollten wiederkommen. Er musste sie erwischen.

»Niels?«, rief Dursun ihm hinterher. »Sie haben Messer dabei, und Diego …«, er zögerte kurz, »hat eine Pistole.«

KAPITEL

33

HEUTE

Niels steht vor Chucks Haus. Er weiß nicht genau, was er hier will. Vielleicht einfach nur sehen, wie Chuck lebt, was aus ihm geworden ist. Vielleicht trifft er ihn an und erfährt etwas, irgendetwas, was ihm weiterhilft, zu verstehen, was damals passiert ist.

Er erinnert sich, wie es früher hier aussah, ein windschiefes, kleines Häuschen, in dem ein altes Ehepaar lebte. Chuck hat daraus etwas gemacht, das man in einer Zeitschrift abbilden könnte. Er hat neben handwerklichem Geschick anscheinend auch noch Geschmack.

Im Hof steht ein Lieferwagen mit Chucks richtigem Namen drauf. Wenn man ihn gefragt hätte, Niels hätte sich nicht an ihn erinnert.

»Ja, leck mich am Arsch«, ruft eine Stimme, und jetzt erst sieht Niels, dass Chuck zu einem der Fenster heraus raucht. »Der Cerny. Dich hab ich aber wirklich überhaupt nicht vermisst.«

Chuck hat eine Glatze, sein Schädel wirkt noch kantiger als früher. Auch wenn Niels nur seinen Oberkörper sieht, hat er den Eindruck, Chuck habe einiges zugelegt und wirke noch bulliger als mit achtzehn.

»Was machst du hier?«, fragt Chuck und schnippt seine Zigarette in den Hof, in Niels Richtung.

»Wollte mal mit eigenen Augen sehen, ob du wirklich in Feldhausen wohnst. Konnte ich gar nicht glauben.«

Chuck grinst spöttisch.

»Kann hier umsonst wohnen. Da ist man nicht wählerisch.« Die näheren Umstände erklärt er nicht, und Niels hat keine Lust zu fragen. Niels überlegt kurz, ob Chuck wohl weiß, dass er ein wenig berühmt ist.

»Hat sich viel verändert, was?«, fragt Niels. Er ist sich nicht sicher, wohin er das Gespräch steuern soll oder vielmehr, wie er dahin gelangen soll, wo er hinwill.

»So, was denn?«, fragt Chuck.

»Na, Rossbach und Feldhausen sind jetzt ein Verein mit gemeinsamem Stadion.«

Chuck spuckt in den Hof.

»Ach das…«, einen weiteren Kommentar schenkt er sich. »Ich denke, früher haben nur die Türken ihre Säcke rasiert, heute machen das alle, sonst ist doch eh alles gleich.«

Niels muss beinahe lachen, auch wenn ihm eigentlich nicht danach ist. Er ist auf der Hut. Chuck konnte man früher nicht trauen, wieso sollte das heute anders sein?

»Du auch?«, fragt er.

»Was?«

»Bist du auch noch wie früher?«

»Geht dich einen Scheißdreck an.«

»Stimmt«, sagt Niels.

»Und jetzt?«, fragt Chuck und zündet sich noch eine Zigarette an. Niels würde schon interessieren, ob Chuck eine Frau hat. Kinder. Eine geregelte Arbeit. Aber er will nicht zu viele Fragen stellen, bevor er zum Wesentlichen kommt.

»Was willst du hier?«, fragt Chuck.

»Die Nacht mit der Party am See …«, beginnt Niels ohne weitere Umschweife.

»Ahh«, sagt Chuck, als hätte er geahnt, worauf das Ganze hinauslaufen würde. »Da hat er noch Fragen, der Herr Künstler. Bist aber auch schnell verschwunden, damals. Wohin nochmal?«

»Berlin.«

»Ah ja, Berlin. War sicher toll dort. Nach der Wende. Alles offen. Alles möglich.«

Niels ist überrascht. Chuck scheint mehr über ihn zu wissen, als Niels angenommen hat.

»Es gibt da noch ein paar lose Enden.«

Chuck nickt. »Bist gekommen, um reinen Tisch zu machen, was? Die Vergangenheit lässt einen nicht los. Ist wie ein Zombie. Untot. Kommt immer wieder und verfolgt einen. Man muss den Zombie fachgerecht töten und vor allem: begraben. Erst dann ist Ruhe. Sonst kommt er immer wieder.«

Dass Chuck Zombiefilme schaut, ist nur konsequent, aber ansonsten ist Niels beeindruckt, was für ein Philosoph im Unterhemd in seiner alten Nemesis zum Vorschein kommt.

Niels nickt. »Ja, so in etwa.«

»Vieles scheint anders, als es ist«, sagt Chuck.

»Was meinst du?« Niels Herz klopft schneller.

»Na, eine Pistole zum Beispiel«, sagt Chuck, »kann geladen sein. Oder auch nicht.«

Niels erstarrt.

Chuck wirft seine Zigarette weg. »Aber wieso fragst du mich?«, sagt er. »Ich weiß nicht mehr als du. Wir hatten ja unsere Begegnung in der Nacht.«

»Wen soll ich dann fragen? Diego?«

Chuck lacht verächtlich. »Das kannst du vergessen, der ist durch.«

Er macht Anstalten, das Fenster zu schließen. »Frag Erik. Frag ihn, was dir auf der Seele brennt. Falls nicht schon alles in dir verbrannt ist.«

KAPITEL

34

FRÜHER

Niels blieb stehen und starrte Dursun entsetzt an. »Diego hat eine Pistole?«, wiederholte er ungläubig das eben Gehörte.

Dursun sah ihn mit weit aufgerissenen Augen an. »Mach keinen Scheiß, Niels.«

Niels schüttelte den Kopf und rannte aufgelöst zurück zur Party.

Der Erste, den er zu Gesicht bekam, war Rouwen, der mit ein paar anderen aus der Mannschaft um den Grill stand.

»Wo sind Ralf und Volker?«

Rouwen zuckte mit den Schultern.

»Sind irgendwohin. Hatten es eilig.«

»Wieso das denn? Hört zu, Jungs, das ist jetzt wirklich wichtig: Die Rossbacher haben die Türken zusammengeschlagen. Und sie sind auf dem Weg hierher, die haben irgendwas vor.«

Die Jungs starrten ihn an.

»Diese Wichser!«, stieß Rouwen hervor. »Wo sind sie?«

»Keine Ahnung, aber wir müssen die Zugänge bewachen und die Arschlöcher suchen, bevor sie hier sind. Und Dursun braucht Hilfe mit dem verletzten Metin«, rief Niels. »Der Notarzt ist schon unterwegs. Die sind dort vorne bei der Bank am Ufer.«

Rouwen stellte seine Bierflasche ab.

»Steve, Marco, könnt ihr ein paar Wachen aufstellen? An den Zufahrtsstraßen und Fußwegen. Die sollen den Notärzten dann auch den Weg zu Metin zeigen. Zwei Leute sollen da direkt hin, vielleicht braucht Dursun Hilfe. Wenn ihr habt, nehmt Lampen mit, es wird bald dunkel. Clemi, kommst du mit mir? Holgi mit Niels, dann haben wir zwei Autos, um sie zu suchen.«

Sie machten sich auf den Weg. In der Ferne hörten sie das Martinshorn. Das musste der Notarzt sein.

Als sie bei den Autos waren, sagte Niels: »Sie können nicht weit sein, die sind hier irgendwo in der Nähe des Sees. Fahrt ihr vorn an der Straße links herum, wir gehen rechts. Wir treffen uns dann wieder hier. Wer sie sieht, macht nichts allein, sondern holt Verstärkung, okay? Die sind bewaffnet. Diego hat eine Pistole.«

Die anderen starrten ihn einen Moment ungläubig an. Dann gaben sie sich einen Ruck. »Alles klar.«

Niels startete den Kadett, Holgi kletterte auf den Beifahrersitz, und sie fuhren los.

Niels fragte sich, wo Ralf und Volker eigentlich waren.

»Diese Arschlöcher, denen zeigen wir's«, knurrte Holgi neben ihm.

Niels dachte an Sibel und Farouk. Am liebsten würde

er *sie* suchen, und nicht Chuck und seine Idioten. Er würde sie zur Rede stellen. Plötzlich kam ihm der Gedanke, dass er Dursun gar nicht gefragt hatte, ob Sibel etwas passiert sei. Verdammter Idiot, dachte er. Aber er konnte jetzt nicht umkehren. Sie mussten verhindern, dass die Rossbacher noch mehr anrichteten. Die waren auf Krawall aus. Wenn der unzurechnungsfähige Diego wirklich eine Pistole hatte, war alles denkbar.

Sie fuhren um den See und kamen am Grillplatz im Wald vorbei. Dort sahen sie Chucks Golf und noch ein zweites Auto. Die Rossbacher standen lachend um die Feuerstelle und tranken Bier.

Niels fuhr außer Sichtweite und hielt an.

»Was machen wir?«, fragte Holgi.

Niels verspürte den Impuls, ohne zu zögern direkt auf sie loszugehen, aber zu zweit hatten sie keine Chance gegen Chuck, Diego und Klotz und wer noch alles dabei war.

Die Sonne versank langsam hinter den Bäumen über dem See, aber es würde noch eine ganze Weile hell sein. Sie mussten das Ganze bei Tageslicht beenden, in der Dunkelheit würde es viel schwerer sein, die Party zu bewachen.

Da bog Rouwens Wagen um die Ecke und kam ihnen entgegen. Rouwen hielt neben Niels' Kadett.

»Sie sind dort im Wald«, sagte Niels aus dem offenen Fahrerfenster hinaus.

»Okay«, sagte Rouwen, »die Typen sind teilweise geisteskrank und haben Waffen. Was machen wir?«

Niels überlegte. Am liebsten wäre er direkt mit dem Kadett in die Rossbacher hineingefahren. Er war zornig wie noch nie vorher in seinem Leben. Erst Ralfs Beinbruch, das verpasste Date mit Sibel, ihr Verrat und Metins Verletzung. Das Maß war voll.

In dem Moment sahen sie die beiden Rossbacher Autos aus dem Wald fahren.

Ohne nachzudenken rief Niels »Hinterher!« und fuhr mit durchdrehenden Reifen los. Rouwen folgte ihm. Niels trat das Gaspedal bis zum Anschlag durch und fuhr so dicht auf Chucks Golf auf, dass der ihn bemerkte. Chuck schwenkte auf der Landstraße ein wenig nach rechts und nach links, fuhr aber an der Abzweigung zum See vorbei. Zumindest die Party konnten sie so bis auf Weiteres nicht stören, wo immer diese Verfolgungsjagd enden würde. Hinter Niels fuhr Clemens, vorneweg Klotz. Chucks Beifahrer war Diego, der immer wieder nach hinten sah. Klotz bog irgendwann rechts ab, Richtung Weinberge, Chuck fuhr weiter geradeaus. Niels blieb bei Chuck. Im Rückspiegel sah er, wie Clemens Klotz folgte.

Sie fuhren schnell. Zu schnell für die enge Straße. Niels' Blick war nur auf das Auto vor ihm gerichtet. Holgi saß mit zusammengepressten Lippen neben ihm.

Plötzlich sahen sie, wie Diego sich aus dem Beifahrerfenster wand. Er hing mit dem Oberkörper im Freien, seine Beine auf dem Beifahrersitz, mit einer Hand hielt er sich am Haltegriff fest und in der anderen Hand – hielt er tatsächlich eine Pistole. Die er nun auf Niels und Holgi richtete.

»Fuck«, rief Holgi. Niels spürte, wie die Angst sich durch seinen Körper bis unter die Schädeldecke katapultierte.

Er wollte bremsen, um Abstand zu gewinnen, aber dann

tat er das Gegenteil. Es war ein Reflex, etwas, das er hinterher nicht mehr erklären konnte, aber er trat aufs Gas und fuhr dem Golf vor ihm, der gerade das Tempo wegen einer Kurve verringerte, von hinten auf die Stoßstange.

»Was machst du?«, rief Holgi, bevor ihre Köpfe nach vorn schnellten.

Diego wurde von dem Aufprall so überrascht, dass er den Halt verlor und beinahe aus dem Fenster fiel. Er ließ die Waffe fallen und schrie vor Schmerz.

Chuck hatte wohl nicht damit gerechnet, dass Niels auf ihn auffahren würde. Der Golf geriet ins Schlingern, brach erst nach links aus und drohte auf einen Baum zuzurasen, Chuck bremste, dann brach der Wagen nach rechts aus, kam von der Straße ab, fuhr schräg die Böschung neben der Straße hinab, geriet in Schräglage und kippte schließlich auf die Seite, aus der Diego aus dem Fenster hing. Diego rettete sich in letzter Sekunde durch einen Sprung aus dem Auto, rollte neben dem Auto her und blieb auf dem Bauch liegen.

Niels bremste, sprang aus dem Kadett und rannte zu Diego.

Etwas in ihm tickte aus. Er war außer sich, wie noch nie in seinem Leben. Er drehte Diego um, packte ihn an den Schultern und zog ihn nach oben. Diegos Arm war unnatürlich abgeknickt.

»Du verdammter Wichser«, schrie Niels Diego an.

Diego schien völlig weggetreten. Er lachte und schrie gleichzeitig. Es klang völlig irr, schrill und hoch.

Chuck hatte den Unfall wohl unbeschadet überstanden und versuchte irgendwie aus seinem Auto zu klettern.

»Halt, lass ihn«, schrie er Niels an.

»Halt dein Maul!«

»Willst deine Türkenfreunde rächen, was?«, schrie Diego, und Niels schlug ihn ins Gesicht.

»Oder eher deine Türkenfreundin?«

Niels schlug noch einmal zu.

»Ihr könnt es nicht lassen, ihr Arschlöcher, oder? Wir waren quitt!«

»Lass ihn los, Mann, siehst du nicht, dass der verletzt ist?«, rief Chuck.

»Metin ist auch verletzt!«, schrie Niels.

Chuck hatte sich mittlerweile aus dem Auto befreit und torkelte nun auf Diego und Niels zu. Holgi stand wie unter Schock beim Kadett und rührte sich nicht.

Niels schlug Diego gegen den gebrochenen Arm, sodass der aufjaulte und das Bewusstsein verlor.

In dem Moment rannte Holgi los und riss, zusammen mit Chuck, Niels von Diego weg.

»Niels, lass, ist gut jetzt!« Holgi packte ihn an den Schultern und hielt ihn fest.

»Der Arsch wollte auf uns schießen!«, schrie Niels wie von Sinnen.

KAPITEL

35

HEUTE

Niels wendet sich zum Gehen und setzt sich auf sein Rad.

»Verstehst du? Oder willst du es immer noch nicht verstehen? Die Pistole war nicht echt«, ruft Chuck ihm nach. »Schreckschuss.«

Niels starrt ihn an. Die Rossbacher hatten den Mythos dieser Waffe gut ausgebaut. Alle hatten geglaubt, dass Diego sie hätte erschießen können.

Niels radelt in eine Siedlung am Dorfrand, an dessen Ende zwei dreistöckige Wohnblocks stehen.

Er besieht sich sämtliche Klingelschilder, bis er es findet. E. Rieder, 2. Stock. Das ist er. Erik. Niels holt tief Luft und klingelt.

»Hallo?« sagt die Stimme aus dem Lautsprecher.

In dem Moment hat er endgültig das Gefühl, durch ein Zeitportal zu treten, das seit dreißig Jahren nur für ihn geöffnet ist. Sein Kopf dröhnt, ihm wird schwarz vor

Augen und er muss sich an der Hauswand festhalten, um nicht das Gleichgewicht zu verlieren.

Niels presst seinen Namen hervor.

Stille.

Er versucht sich vorzustellen, was jetzt in Erik vorgeht.

Da ertönt der Summer. Niels drückt mit einer Hand die Tür auf und versucht sich zu beruhigen. Er kann wieder klar sehen, und der Schwindel lässt nach. Er geht langsam nach oben.

In der Tür steht Erik. Er hat immer noch rote Haare, auch wenn es deutlich weniger geworden sind. Er ist immer noch schlank und drahtig, bis auf seinen deutlichen Bierbauch, und trägt Adiletten, Trainingshose, Unterhemd. In seinem Gesicht sind rote Adern sichtbar, seine blutunterlaufenen Augen blicken Niels trübe, aber wachsam an.

Eine Weile schauen sich beide wortlos an, dann schlurft Erik in seine Wohnung. Niels folgt ihm in die Küche. In der Wohnung stinkt es nach kaltem Rauch.

Erik setzt sich an den Tisch, zündet sich eine Zigarette an und zieht daran. Niels bleibt stehen und versucht sich seine Schmerzen nicht anmerken zu lassen.

»Hab seit Jahren damit gerechnet, dass du irgendwann hier auftauchst.«

Niels schaut ihn an.

»Schlechtes Gewissen?«

Erik schnaubt verächtlich.

»Schau mich an.«

Niels sieht sich in der Wohnung um. Es sieht fürchterlich aus. Überall ungeöffnete Briefe, Zeitschriften, überquellende Aschenbecher, ungewaschenes Geschirr. Kein

Bild an der Wand, kein Buch. Mit Sicherheit keine Frau. Die Trostlosigkeit und Einsamkeit an sich.

»Glaubst du, dein Leben wäre ohne das alles anders verlaufen?«, fragt Niels.

Erik zuckt die Achseln. »Was weiß ich.«

KAPITEL

36

FRÜHER

Holgi zog Niels von Diego fort und zurück zum Kadett.

»Komm, wir rufen die Polizei und einen Krankenwagen«, sagte er zu Niels, der sich nur langsam beruhigte.

Sie setzten sich ins Auto und beobachteten, wie Chuck erst beruhigend auf Diego einredete und sich dann hilfesuchend umsah.

Niels ließ den Motor an, wendete den Kadett und fuhr zurück Richtung See.

Sie hörten ein Martinshorn in der Ferne und sahen sich fragend an.

Metin war doch schon vor einer Weile abgeholt worden.

Sie kamen aus den Weinbergen auf die Landstraße, wo ihnen ein Krankenwagen entgegenkam, gefolgt von der Polizei. Mit Diego konnte das nichts zu tun haben, dafür fuhren sie in die falsche Richtung, außerdem konnte die Polizei davon unmöglich schon etwas wissen.

Rouwen, Clemi und Klotz. War ihnen etwas passiert? Oder Sibel?

Sie fuhren zum See und parkten an der Landstraße, so viele Autos waren mittlerweile da. Die Party war, zumindest was den Andrang anging, ein riesiger Erfolg. Sie stiegen aus, als auch Rouwen und Clemi angefahren kamen und hinter ihnen parkten.

Rouwen stieg aus. »Und?«

»Chuck und Diego sind außer Gefecht«, sagte Holgi.

»Echt? Wie habt ihr denn das gemacht?«

»Lange Geschichte, Diego jedenfalls hat genug für heute.«

»Wow«, sagte Clemi.

»Was ist mit der Polizei und dem Krankenwagen?«

»Keine Ahnung.«

KAPITEL

37

HEUTE

Ich würde gern ein paar Dinge verstehen, die in jener Nacht passiert sind«, beginnt Niels. Für einen Moment glaubt Niels, diese Worte seien aus dem Mund eines anderen gekommen. Es kommt ihm merkwürdig vor. Zum ersten Mal seit dreißig Jahren redet er über diese Nacht. Stellt Fragen. Will wirklich wissen.

Erik blickt ihn an. »Besonders eilig hattest du's ja nicht damit. Na ja, immerhin lebe ich noch. Und wenigstens haust du mir nicht gleich eine rein, wie dein Vater damals.«

»Mein Vater hat dir …?«, fragt Niels. Niemand hat ihm davon erzählt. »Wann?«

Erik zuckt mit den Schultern.

»Keine Ahnung. Beim Weinfest. Ein Jahr später oder so.« Er starrt ins Leere. »War aber auch egal …«

Niels wartet, ob Erik noch etwas sagt, aber der raucht nur eine Weile nachdenklich vor sich hin.

»Wieso jetzt, nach so langer Zeit?«, fragt Erik schließlich.

Niels hat immer noch keine Antwort auf diese Frage, die er sich selbst heute schon ein paar Mal gestellt hat. Bevor er vor zwei Tagen hierherkam, hat er keine Sekunde damit gerechnet, dass es dazu kommen könnte. Und jetzt ist es unvermeidlich. Er hat das Gefühl, die Karten seines Lebens würden gerade neu gemischt. Und dafür ist es nötig, zu verstehen, was damals wirklich geschehen ist. Nur dann, das wird ihm in dem Moment völlig klar, kann er sich den Dämonen stellen, die er seither im tiefsten Keller seines Herzens eingesperrt hat. Er will nicht bis zu seinem Tod mit all diesen unausgesprochenen Dingen leben müssen, so wie sein Vater. Er muss das jetzt verstehen und klären.

»Du hast also Heike von der Party abgeholt?«

Erik raucht und nickt.

»Wo wolltet ihr hin?«

»Wasserreservoir.«

»Euer Platz, oder?«

»Ja, so in etwa. Waren öfter dort.«

Niels möchte fragen, was sie genau dort oben gemacht haben, aber er beherrscht sich. Erstens kann er es sich denken, zweitens tut es nichts zur Sache.

»Du warst betrunken.«

Die Polizei hatte 0,5 Promille bei ihm gemessen. Nicht extrem viel, aber in dem Fall mehr als genug.

»Zwei, drei Bier, keine große Sache. Ich konnte noch gut fahren.«

Niels versucht, sich nicht aufzuregen. *Keine große Sache.* Das musste man erst einmal bringen.

»Wieso bist du denn so gerast, hattest du es so eilig?«

Erik starrt ihn mit großen Augen an und schüttelt nach einer Weile ungläubig den Kopf.

»Ach, die haben dir das gar nie …?«

Er bricht ab, fährt sich übers Gesicht und zieht lang an seiner Zigarette.

»O Mann«, sagt er.

»Was?« Niels' Stimme ist schärfer als beabsichtigt. Was will Erik ihm sagen?

»Was?«, legt er noch einmal sanfter nach.

»Also, ich dachte, du weißt das längst.« Er drückt seine Zigarette aus und sieht Niels direkt an.

»Frag mal lieber deine guten Freunde Ralf und Volker. Die sollen dir das selbst sagen.«

KAPITEL

38

FRÜHER

Als sie zur Party zurückkamen, spielte der DJ gerade *Paradise City.* Rouwen organisierte eine Runde Tequila. Volker und Ralf waren auch wieder da, sie wirkten verändert, fand Niels für einen Moment, aber der Moment verging. Beim zweiten Refrain begannen sie alle mitzusingen und Luftgitarre zu spielen. Langsam brach sich die Erleichterung darüber, dass sie die Party vor den Rossbachern gerettet hatten, Bahn. Niels' Ärger verflog, seine Trauer über Sibel pochte dumpf in ihm weiter, aber er überspielte es grölend.

Die Augenblicke zwischen den Sekunden, nannte er später einmal ein Lied, und beim Schreiben des Textes dachte er an diesen Moment.

Irgendwann, einige Songs später, kam die Polizei. Ein paar Gäste begannen sie zu beschimpfen, im Glauben, sie wollten der Feier ein Ende bereiten. Aber dann standen die zwei Beamten vor Niels, zogen ihn zur Seite, und das

Ende der Nacht und die nächsten Tage verschwammen seither in einem dichten Nebel.

Der Polizist redete auf ihn ein, und wie in Trance folgte er ihm zum Streifenwagen. Er sah die fragenden, neugierigen Gesichter der Partygäste. Er sah Rouwen und Holgi, doch er ignorierte sie.

Der Polizist fuhr mit Niels auf der Rückbank die Landstraße entlang in die Richtung, in die vorhin der Krankenwagen gefahren war. Sie bogen ab auf die schmale Straße hoch zum Wasserreservoir.

Irgendwann sahen sie ein weißes Auto im Graben auf dem Dach liegen. Zwei Polizeiwagen und zwei Krankenwagen standen auf dem Weg oberhalb mit Blaulicht ohne Ton. Er sah Erik mit einer Decke um die Schulter mit weit aufgerissenen Augen auf der Rampe eines Krankenwagens sitzen und immer wieder die Schultern zucken. Ein Polizist hörte ihm mit ernstem Gesicht zu.

Und dann sah er hinter Eriks Auto etwas am Boden liegen. Es war eine Decke. Darunter zeichneten sich menschliche Konturen ab. Ein anderer Polizist und ein Notarzt kamen auf ihn zu. Auch sie redeten auf ihn ein. Dann führten sie ihn zu der Decke und zogen sie weg, sodass er sehen konnte, wer darunter lag. Als er wieder nach oben sah, blickte er in das von blankem Entsetzen verzerrte Gesicht seines Vaters.

KAPITEL

39

HEUTE

Er hat Käsespätzle gemacht, etwas, das er seit dreißig Jahren nicht mehr gegessen hat, es war eine Spezialität seines Vaters gewesen. Irgendwie schien ihm das passend, auch wenn das Resultat armselig ist. Es schmeckt nach gar nichts, aber niemand sagt etwas. Man hat den Eindruck, alle spüren, dass etwas in der Luft liegt, was sich jeden Moment entladen kann. Die Stimmung ist verhalten, selbst Ralf wirkt weniger aufgedreht als sonst. Daniela und Anna sind nach draußen gegangen.

Niels ist schweigsam gewesen während des Essens. Er hat den Rest des Abends viel über jene Sommernacht vor dreißig Jahren nachgedacht und soweit rekonstruiert, dass ihm nur noch ein Puzzleteil fehlt. Welche Rolle haben Ralf und Volker bei Eriks Unfall gespielt? Wohin sind sie verschwunden, als sie nicht mehr bei der Party waren?

Er fürchtet, er kennt die Antwort schon, auch wenn sie überhaupt keinen Sinn ergibt.

Ralfs und Volkers Unbehagen ist deutlich spürbar. Immer wieder fragen sie ihn, warum er so wortkarg sei. Jetzt weichen sie seinem Blick aus.

»Also, dann«, sagt Niels mit klopfendem Herzen, »frag ich jetzt einfach mal. Wo wart ihr während der Verfolgungsjagd an unserem letzten Sommertag? Und wieso meint Erik, ich solle euch fragen, was passiert ist?«

Seine Frage bleibt im Raum hängen, klingt ihnen allen in den Ohren wie ein zu lauter Glockenschlag.

Niels hatte die Tage nach Heikes Unfall wie hinter einem Schleier erlebt, in dem Töne und Bilder nur undeutlich zu ihm durchgedrungen waren.

Sein Vater, der ihn anschreit und völlig verzweifelt ihm und seinen Freunden die Schuld gibt.

Die Polizistin, die noch einmal ins Haus kommt und sagt, Erik sei alkoholisiert von der Straße abgekommen. Erik verliere natürlich seinen Führerschein und bekomme ein Verfahren wegen fahrlässiger Tötung. Heikes Beerdigung. Und dann seine Abreise am Abend nach der Beerdigung. Eine Tasche mit Kleidern und Büchern, mehr nicht. Regionalbahn nach Freiburg, Nachtzug nach Berlin. Am nächsten Morgen war er dort gewesen, hatte sich eine Existenz aufgebaut und dabei in all den Jahren vor allem eine Sache vermeintlich erfolgreich vermieden: zurückzuschauen. Was ihm natürlich nicht gelungen ist.

In dem Moment, in dem er sein Herz so laut und unruhig klopfen hört, wird ihm klar, dass er in Wirklichkeit nichts anderes gemacht hat. Als hätte er, während er vorwärts fuhr, mit einem Auge immer in den Rückspiegel gesehen. Das Thema Schuld, das sich durch all seine Romane zieht. Viele seiner Liedtexte, die davon handeln, dass nur die unerfüllte Liebe wirklich romantisch sein kann.

Die Energie, die er aufwendete, um sich nie mit seinem Vater zu versöhnen, der mindestens genauso schuld war, mit seinem Hass auf die Rossbacher, seiner Unfähigkeit zu kommunizieren und so zu lieben, dass man es auch merkte.

In dem Moment, bevor Ralf und Volker antworten, weiß er schon, dass hier niemand mehr oder weniger Schuld hat an dem, was passiert ist. Er wollte nie wissen, wohin Ralf und Volker verschwunden waren, obwohl er es eigentlich irgendwie ahnte. Und er selbst war es auch gewesen, der seine Widersacher mit dem Auto verfolgt hatte, anstatt sich um Sibel zu kümmern, anstatt mit ihr ins Krankenhaus zu Metin zu fahren, wie Farouk es getan hatte. Und er hatte auch nie versucht, wirklich für Heike da zu sein, obwohl doch offensichtlich war, dass ihr der Verlust ihrer Mutter plötzlich so sehr zusetzte, dass sie die Orientierung über ihr eigenes Leben verlor. Und dass er für sie hätte da sein müssen. Stattdessen urteilte und verurteilte er und sah weg. Und er zahlte den Preis dafür.

»Wir hatten beobachtet«, beginnt Ralf zögerlich, den Blick starr auf sein Glas gerichtet, »wie Erik Heike abgeholt hat und die beiden Richtung Parkplatz sind. Da sind wir ihnen gefolgt.«

»Warum denn?«, fragt Niels. »Rache, oder was? Wolltest du Erik dein gebrochenes Bein heimzahlen?«

Ralf windet sich unbehaglich. »Ja, schon auch, aber …«

Niels sieht ihn gespannt an.

»Ich, also, ich … na ja, ich hatte was mit Heike.«

Niels erstarrt. Es ist, als würde für einen Moment die

Zeit stillstehen, als würde die Welt verharren und warten, was als Nächstes passiert. Die Luftmoleküle in dem Raum ändern ihre Zusammensetzung, aber die Spannung entlädt sich nicht in einem großen Knall.

Sondern in völliger Leere und Stille.

Niels Gehirn weigert sich, diese Nachricht zu verarbeiten. Währenddessen schießt ihm wieder dieser stechende Schmerz von hinten in die Stirn, und er unterdrückt einen heftigen Würgereiz.

Kurz spürt er einen Schrei in sich aufsteigen, einen Schrei, mit dem er alles, was er seit so vielen Jahren in sich hineingefressen hat, herauslassen könnte. Doch der Drang verebbt, und er fühlt sich nur noch schwach und leer.

Er versucht zu verstehen, was er eben gehört hat. Ralf und Heike hatten etwas miteinander gehabt. Hinter seinem Rücken, völlig unbemerkt. Oder hätte er es wissen können?

Ralfs grüner Polo, der wegfuhr, als Niels nach Hause kam. Ralfs legendäre sexuelle Freizügigkeit. Heikes Zügellosigkeit und vermutlich auch die Chance, Niels richtig wehzutun, warum auch immer sie das Bedürfnis dazu hatte. Natürlich hatte Ralf nichts davon erzählt. Er war triebgesteuert und wusste, dass Niels ausflippen würde.

Niels steht auf, er kann nicht länger hier sitzen bleiben, aber auf dem Weg zur Tür spürt er, dass er nicht wieder weglaufen will, wieder alles vermeintlich hinter sich lassen, nur um es dann doch wie einen Schatten mit sich herumzuschleppen.

Er denkt an seinen alten Deutschlehrer Dr. Gries. *Wahre Menschlichkeit zeigt sich in der Überwindung des einfachen*

Wegs. Rache, Zorn, Eifersucht. Und ihm wird klar: Er hätte es wissen können mit Heike und Ralf, vielleicht wusste er es ja. So ungerecht das Verhalten seines Vaters war, so recht hatte er, als er sagte, dass es Niels Schuld sei.

Ja, er war auch schuld.

Statt Heike zu retten, war er Chuck wie ein Berserker hinterhergerast. Und er hatte sich in der Rolle des Jägers und Rächers gefallen.

Niels kehrt zum Tisch zurück und blickt auf seine Kumpels herab. Volker starrt ins Leere, Ralf hat sein Gesicht in den Händen vergraben.

»Wir haben Erik verfolgt«, sagt Volker irgendwann tonlos. »Er hat versucht, uns abzuhängen. Wahrscheinlich hatte er Schiss. Ich denke, er wusste nichts von Heike und Ralf, er dachte bestimmt, Ralf wolle sich für das Foul rächen. Dann ist er zu schnell in die Kurve, es hat ihn rausgehauen, das Auto hat sich überschlagen.«

Volker redet monoton. Wie ein neutraler Berichterstatter, den Blick starr auf einen Punkt an der Wand gerichtet. »Wir sind einfach weitergefahren. Zurück zur Party. Wir haben uns kurz angesehen und ohne Worte beschlossen, dass wir nichts sagen. Erik würde eh niemand glauben.«

Niels nickt eine Weile leicht vor sich hin. Er sieht die Bilder jener Nacht vor sich. Nun ergibt alles einen Sinn. Eine seltsame Leere und Müdigkeit breitet sich in ihm aus.

»Und warum hat er nichts davon erzählt, dass ihr ihn verfolgt habt?«, fragt er. »Es hätte ihn doch entlastet.«

Ralf scheint sich erholt zu haben und übernimmt wieder das Wort.

»Am nächsten Tag kam die Polizei und hat mich gefragt. Ich hab alles abgestritten. Damit war es erledigt.«

»Und die Verfolgung der Rossbacher? Chucks Unfall? Wusste die Polizei nichts davon?«

Ralf und Volker schweigen eine Weile.

»Nein. Chuck hat ihnen nichts davon gesagt. Diego auch nicht. Chuck hat den Unfall auf sich genommen. Hat ein paar Monate den Führerschein verloren. Damit war es erledigt. Von uns haben alle dichtgehalten. Offiziell hatte keiner die Party verlassen. Niemand hat Erik geglaubt, weil der keine Zeugen für seine Behauptung hatte und es gegen ihn schon eine Polizeiakte wegen Trunkenheit am Steuer gab. Ende der Geschichte.«

»Ende? Wirklich?«, fragt Niels.

»Na ja«, sagt Volker nach einer Weile. »Offiziell. In Wirklichkeit ist diese Nacht nie zu Ende gegangen. Wie du ja weißt. Für niemanden von uns.«

Er hat recht, denkt Niels. Alle drei schleppen die Ereignisse jener Nacht mit sich herum. Sie wurden Teil ihres Lebens, ihrer nächtlichen Träume, der Dämonen in den Kellern ihrer Herzen.

»Vielleicht kann sie ja jetzt beendet werden«, sagt Niels. Er steht auf und verlässt die Küche. Er ist ganz ruhig. Seine Kopfschmerzen werden schwächer.

Daniela und Anna sitzen noch immer im Hof und rauchen.

Sie blicken ihn gespannt an. Er bleibt kurz stehen.

Offenbar sehen sie in seinem Gesicht, über was da drinnen geredet wurde. Deshalb sind sie rausgegangen.

»Tut uns leid«, sagt Daniela.

Sie wussten Bescheid. Anna hätte es ihm gestern Nacht

beinahe gesagt, das war es, womit sie gerungen hat. Aber es war nicht ihre Aufgabe, das zu tun, das weiß er.

Es ist genau so gekommen, wie es kommen musste. Und jetzt weiß er genug, um die Vergangenheit doch noch ordentlich begraben zu können, wie Chuck das nannte.

»Schon okay«, sagt Niels und meint es wirklich so. Er holt tief Luft und schaut in den Sternenhimmel. Er spürt, wie sich etwas in seinem Kopf löst. Und dann erlischt der Schmerz hinter seiner Stirn.

Volker und Ralf sind aus dem Haus gekommen und stehen etwas verloren vor der Tür.

Niels nimmt Dani und Anna nacheinander in den Arm.

Dann geht er mit einem Nicken an Ralf und Volker vorbei in sein Elternhaus und schließt die Tür hinter sich.

KAPITEL

40

HEUTE

Am nächsten Morgen macht er sich einen Kaffee, dann geht er zum ersten Mal seit dreißig Jahren in Heikes Zimmer.

Das Zimmer einer Sechzehnjährigen, in dem die Zeit stehen geblieben ist.

Poster von den Misfits und den Toten Hosen an der Wand, ein Bad-Religion-Aufnäher mit einer Reißzwecke neben ihren Spiegel gepinnt. Vater musste aufgeräumt haben, so ordentlich hatte Niels das Zimmer nicht in Erinnerung.

Auf ihrem Schreibtisch Zigarettenblättchen und eine Pfeife, an der Wand Fotos von Heike mit Freundinnen und Freunden. Daneben ein Regal mit CDs und Videokassetten. Bevor sie sich veränderte, war sie ein Riesenfan von *Dirty Dancing* gewesen, den sie unzählige Male gesehen hatte. Der letzte Film, über den Niels sich mit ihr unterhalten hatte, war *Wild at Heart* gewesen, den beide, wenn auch nicht zusammen, noch im Kino gesehen hatten. Heike fand ihn toll.

Zum ersten Mal seit dreißig Jahren hat er das Gefühl, Heike wirklich zu vermissen. Es geht nicht um Schuld, Bereuen, Verdrängen, Rechtfertigen oder was auch immer er die ganze Zeit gefühlt hatte, wenn es um Heike ging. Er vermisst die fröhliche Heike, als sie noch ein Mädchen war, als er mit ihr ins Schwimmbad ging oder in die Eisdiele. Er vermisst auch die ausgeflippte, nervtötende Jugendliche. Zum ersten Mal wird ihm bewusst, dass in diesem Zimmer ein interessantes und neugieriges Mädchen gewohnt hat, das ihre Phase der Rebellion, denn nichts anderes war es wohl, irgendwann hinter sich gelassen hätte und mit der zusammen er jetzt den Nachlass des Vaters regeln würde. Zum ersten Mal ist er nicht zornig oder verwirrt, zum ersten Mal ist er einfach nur traurig. Er setzt sich auf Heikes Bett und weint. Nach einer Weile steht er auf, legt zwei Finger auf seine Lippen, küsst sie und legt sie anschließend auf ein Foto mit Heikes Gesicht.

Er verlässt das Zimmer, läuft nach unten, nimmt seine Tasche und geht zu seinem Auto. Er hat noch ein paar Dinge zu erledigen.

Er fährt zur Werkstatt des Großvaters, spannt ein Stück Holz ein, fräst, feilt und schleift ein Holzherz daraus. Er genießt seine Arbeit, wie er eine Form aus dem Stück Holz macht, es glatter und runder werden lässt. Das erste Herz ist noch nicht so gelungen, die beiden anderen, die er danach macht, werden besser. Die Arbeit geht ihm zusehends gut von der Hand, er spürt, wie viel Spaß ihm das macht. Sein Großvater hat ihm eine Menge übers Schreinern beigebracht. Auch wenn er seit vielen Jahren nicht mehr mit Holz gearbeitet hat, sitzen die Handgriffe noch, und er weiß, was zu tun ist. Am liebsten würde er weitermachen, irgendetwas bauen, ein Bett oder einen Schrank.

Er sieht sich in der Werkstatt um und verschafft sich einen Überblick über Werkzeug und Maschinen. Fast alles ist da und wohl auch noch funktionsfähig. Man müsste nicht viel investieren, um hier ernsthaft arbeiten zu können, aber das Geld hätte er jetzt ja.

Er geht ins Haus und schaut in jedes Zimmer. Er stellt sich vor, wie es hier aussehen könnte mit hellerem Holz, größeren Fenstern, anderen Möbeln. Chuck wäre der richtige Mann dafür, denkt er und schüttelt den Kopf bei der Vorstellung. Übertreiben muss man es ja auch nicht gleich. Andererseits, wenn Rossbach und Feldhausen jetzt zusammen Fußball spielen, dann ist es vielleicht auch nicht so abwegig, wenn Chuck ihm bei der Sanierung helfen würde. Ist aber nur ein Gedanke.

Dann fährt er zu Anna.

Er parkt das Auto ein paar Häuser entfernt, läuft zur Haustür und legt das Holzherz davor.

Dann fährt er zum Wasserreservoir. An der Stelle, an der Heike starb, sieht er gleich die Laterne, von der Anna ihm erzählt hat. Sie hängt an einem Pfahl.

Er steigt aus und erinnert sich zum ersten Mal mit voller Absicht an jene Nacht, versucht, sich jedes Detail in Erinnerung zu rufen. Er öffnet das Türchen der Laterne und legt ein weiteres Herz hinein.

Das letzte bleibt auf dem Beifahrersitz liegen. Es ist für seine Tochter Liv.

Dann fährt er zum See. Er nimmt sein Smartphone und sucht ein Lied, das er jetzt braucht.

Nobody on the road, nobody on the beach,
I feel it in the air, the summer's out of reach.

Es ist diese magische Macht der Popmusik, die einen an etwas erinnert, das man bereits wusste, es aber vergessen hat.

Wehmut befällt ihn, eine tiefe, warme Melancholie. Er erinnert sich an einen Urlaub am Meer, als seine Mutter noch da war. Sie hatten auf dem Campingplatz eine andere Familie kennengelernt, die hatten einen Jungen in seinem Alter, mit dem er von morgens bis spätabends spielte. Er erinnert sich, dass die Eltern abends vor dem Mobilheim zusammensaßen. Auch ein kleines Mädchen hatten sie in Heikes Alter. Irgendwann reisten sie ab, während er und seine Familie noch eine Woche blieben. Es war das erste Mal, dass er Einsamkeit gespürt hatte. Das Gefühl, verlassen worden zu sein, etwas verloren zu haben, was eben noch da war. Genauso wie später, als seine Mutter ging. Und dann Heike. Und dann er selbst. Später war er einmal in den USA auf der Halbinsel Cape Cod gewesen. Er verbrachte dort einen ganzen Sommer zum Schreiben. Er verfolgte mit, wie die Touristen langsam abreisten und der Sommer endete. Die kleinen Souvenirläden und Galerien, die nur in den Sommermonaten geöffnet hatten, schlossen, und auch die meisten Restaurants. Die Tage wurden kürzer und kühler und die Straßen immer leerer. Es war dasselbe Gefühl.

Das Ende des Sommers.

Es war eindeutig besser, selbst zu gehen, als zurückgelassen zu werden.

Er denkt an Liv. Was sie jetzt wohl gerade macht? Fernunterricht am Laptop, oder trifft sie sich draußen mit Freundinnen? Er weiß so wenig über ihren aktuellen Alltag.

Vielleicht müsste er es mit Marlene noch einmal versuchen. Waren sie das Liv nicht schuldig? Die nicht darum gebeten hatte, geboren zu werden, nur um dann mit nur einem Elternteil aufwachsen zu müssen. Hatte sie nicht ein Recht auf beide Eltern in einem Haus? Er sieht Marlene vor sich, ihr stolzes Lachen, nicht so strahlend wie das von Anna, aber dafür geheimnisvoller.

Er denkt daran, was er alles verloren hat. *The boys of summer.* Das waren sie. Er, Ralf und Volker. Sie hatten alles besessen. Und jetzt?

But I can see you, singt Don Henley. *Your brown skin shining in the sun. You got your hair combed back and your sunglasses on, baby. I can tell you, my love for you will still be strong. After the boys of summer have gone …*

Vielleicht lautet die Frage gar nicht, was verloren wurde. Sondern, was geblieben ist und was dazu kam. Vorgestern beneidete er Natascha und kam sich vor wie eine Heavy-Metal-Band aus den Achtzigern, die von Nirvana weggefegt wurde. Heute denkt er lächelnd daran, dass es Nirvana schon lange nicht mehr gibt und Iron Maiden immer noch Stadien füllen.

Er fährt so nah an den See, wie es geht, steigt aus und blickt hinaus. Eine Entenfamilie schwimmt vorbei.

Er nimmt sein Smartphone und schickt Ralf und Volker den Link zum Lied. »Bin in ein paar Tagen zurück«, schreibt er.

Er spürt, er ist hier noch nicht fertig. Aber ob er wirklich hierbleiben könnte, weiß er nicht. Kann man wieder zurück in die Provinz? Kann man dort weitermachen, wo vor dreißig Jahren alles aufhörte? Entkommen kann man seiner Vergangenheit sowieso nicht. Volker und Ralf, die sich beide in ihre eigenen Väter verwandelt haben, sind das beste Beispiel dafür, also warum nicht gleich wieder dorthin zurück, wo man herkommt? Andererseits hat er zum ersten Mal seit Monaten wieder eine Idee für einen Roman. Eine Geschichte, die in der Vergangenheit und der Gegenwart gleichzeitig spielt. Eine Geschichte über drei Freunde und darüber, wie eng Sieg und Niederlage, Begeisterung und Trauer, Unbesiegbarkeit und totales Versagen beieinander liegen oder sogar ein und dasselbe sind, je nachdem, aus welcher Richtung man es betrachtet.

Er spürt dieses Kribbeln, wie immer, wenn ihm eine neue Geschichte einfällt, die es wert sein könnte, geschrieben zu werden.

Aber was nun wird, weiß er nicht.

Was er jedoch weiß, ist, dass es endlich wieder Möglichkeiten gibt. Als ob er mit einem Mal wieder Luft bekäme. Die letzten Jahre hatte er das Gefühl, sein Leben würde immer enger werden. Jetzt nicht mehr.

Hierbleiben und schreiben, eine Schreinerei eröffnen und nicht mehr schreiben, nach Berlin zurückgehen und mit Marlene und Liv eine Familie sein. Alles scheint denkbar. Dann denkt er an Anna und spürt, wie schön es war, sie zu sehen.

Aber jetzt ist alles möglich.

So wie damals. Im Sommer 1990.

DANKSAGUNG

Mein Dank geht an Gesa Schöning und Ralf Winkler für ihre Ideen und Korrekturen. Und dafür, dass auch diese Geschichte bei Kirschbuch ein Zuhause finden durfte. An Kai Gathemann von der Literaturagentur Gathemann, der diese Obsession umsichtig, kritisch und herzlich in die richtigen Bahnen lenkt. An meine Eltern, dafür, dass die Erinnerung kein schwarzes Loch ist wie im Roman, sondern ein geschätzter und unentbehrlicher Begleiter. An Tina und Anne, dafür, dass es den Mäusen ebenso ergehen möge. Und an Anne: Omnia vincit amor(e).

Der Kirschbuch Verlag

Der Kirschbuch Verlag ist ein frischer und unkonventioneller Verlag, der bereits für einiges Aufsehen gesorgt hat. Warum? Weil wir mittels unserer smarten Software LiSA jedes Manuskript prüfen, jedem Autor und jeder Autorin innerhalb von 48 Stunden ein Feedback geben und jedem Buch somit die Chance eröffnen, entdeckt und geliebt zu werden.

Dir hat dieses Buch gefallen und du willst exklusive Insights zu diesem Buch erhalten? Dann besuche uns auf

www.kirschbuecher.de/sommertag

oder folge einfach diesem QR-Code:

Insights zu den smarten Analysen von LiSA gibt es hier:

www.qualifiction.de

Für alle, die selber schreiben und unsere Software LiSA am eigenen Text gerne einmal ausprobieren wollen:

lisa.qualifiction.de

Hast du Fragen, Wünsche oder möchtest du eine Rezension schreiben? Wir freuen uns über deine Nachricht und antworten auf jede Mail an:

sommertag@kirschbuch.de

Außerdem im Kirschbuch Verlag erschienen

Marc Hofmann

Alive!

ISBN: 9783948736200

Deutschland, Anfang der 90er-Jahre: Der ambitionslose Zivildienstleistende Richie lebt in der südbadischen Provinz, ohne Idee, was er mit seinem Abitur anfangen soll. Seine Existenz dreht sich darum, viel zu schlafen, Musik zu hören und ausufernde Auftritte mit seiner Coverband zu feiern. Richies Liebesleben ist ein Trauerspiel, und seine Eltern, bei denen er immer noch lebt, treiben ihn in den Wahnsinn. Da entdeckt er Pearl Jam, Nirvana und das Lebensgefühl des Grunge, und schlagartig ist alles da: die Liebe, der Traum vom Erfolg und die größte Fehlentscheidung seines Lebens.

Eine ebenso ernst gemeinte wie humorvolle Zeitreise in die frühen 90er und eine Liebeserklärung an jugendliche Dummheiten, die verdammten Träume und die Musik. Muss man ganz laut lesen!

Stefan Suchanka

Unser letzter Tag

ISBN: 9783948736149

Würdest du heute dein Leben ändern, wenn es kein Morgen mehr gäbe?

Sieben sehr verschiedene Menschen müssen sich dieser Frage stellen. Jeder für sich, und doch gemeinsam. Denn sie sind miteinander verbunden – ob sie es wollen, oder nicht.

Durch einen gemeinsamen Freund. Eine persönliche Entscheidung. Einen letzten Tag.

»Ein satirisch-philosophischer Roman, der mit Sprachwitz, melancholischem Humor und feinsinnigen Pointen die Leserinnen und Leser quer durch Köln und durch den Garten menschlicher Irrungen führt.«

Barbara Lah

Regen von unten

ISBN: 9783948736163

»Wo auch immer du bist. Hinter welchen Türen versteckst du dich? Welche Mauern uns auch trennen. Warte, ich werde dich finden.«

Als Paulo in das abgelegene Dorf seines Großvaters gelangt, verliebt er sich – in ein Mädchen, das vor 57 Jahren spurlos verschwand. Ein Mädchen, dem er nicht hätte begegnen dürfen. Deren Geschichte niemals hätte anfangen oder enden dürfen.

Wie Regen, der von unten nach oben fließt, entfesselt sich tröpfchenweise ein furchteinflößendes Geschehen, das in einer Nacht 1961 seinen Anfang nahm und noch lange nicht vorbei ist …

Doris Wiesenbach

Leinwand ohne Gesicht

ISBN: 9783948736224

Wenn ich bis zum Monatsende nicht herausfinde, wer ich bin, wird er mich mitnehmen.

Die junge Lea ist ein "Drinnenmensch": Seit zwei Jahren lebt sie ohne Erinnerung in einer Privatklinik für Gedächtnislose in Berlin. Nur ihr treuer Begleiter, der Therapiefuchs Kalle, darf sie berühren. Als Lea jedoch einen neuen Patienten in der Klinik kennenlernt und ihr dieser ungewöhnlich nahekommt, verliert ihr Ehemann Golo die Geduld und drängt sie in ein Leben im "Draußen". Doch erneut schlägt das Schicksal zu und konfrontiert Lea mit einer Leinwand, die Stück für Stück ein Bild enthüllt, das Lea zu zerreißen droht.

"Was lauert da tief in mir, was ich nicht wissen will? Schützt die Amnesie mich vor meiner eigenen Schuld?"

Jana Taysen

Wir Verlorenen

ISBN: 9783948736064

Die Vorgeschichte von ›Wir Verstoßenen‹ und der erste Band der ›Wir Verlorenen‹-Trilogie.

Dein Verstand weiß, dass du niemandem mehr trauen kannst – aber was tust du, wenn dein Herz etwas anderes verlangt?

Die Welt, wie wir sie kannten, existiert seit einer verheerenden Katastrophe nicht mehr. Die junge Smilla weiß, dass es keinen Platz für Liebe und Glück geben kann. Bis sie ihren einstigen Nachbarn Falk wiedertrifft ...

Doch dann überschlagen sich die Ereignisse und Smilla befindet sich mitten in einer Spirale aus Verrat und Lügen. Wem kann sie noch trauen? Und welche zwielichtige Rolle spielt Falk bei alledem?

»Spannungsgeladen, philosophisch, leidenschaftlich – und aktueller denn je.«